I0567864

AMOUR À MORT

Ysidro FERNANDEZ
Jean-Pierre ERNST

ISBN : 978-2-9540771-5-4

*La vie
est une maladie mortelle
sexuellement transmissible.*

Woody Allen

On était exactement à la mi-saison. Il faudrait à peu près autant de longues journées pour arriver à l'été qu'il s'en était écoulé depuis l'hiver. Sur le calendrier. Car les frimas de ce jour inaugural du printemps étaient loin d'annoncer l'éternel réveil de la nature que suppose cette période de l'année. Sans oublier la brume, que les rayons de lumière blanchâtre ne parvenaient pas à percer. Pourtant, il en aurait fallu beaucoup plus pour décourager les maraîchers, bouchers et autres poissonniers d'offrir leurs marchandises aux chalands de la commune. On dit les Savoyards travailleurs et affables. La vérité est qu'ils font ce qu'ils ont à faire ; et qu'ils n'ont pas peur du froid, évidemment. En tout cas ce matin-là, en suivant la nationale jusqu'au kilomètre cent quatorze, au détour de lacets serrés, on tombait soudain sur une activité fébrile. Passé la salle polyvalente, gros parallélépipède aux ardoises luisantes, apparaissait enfin l'église, en contrebas sur la droite, dont le tiers inférieur était masqué aux regards par le surplomb. Après, il ne fallait pas rouler trop vite, ou bien connaître le coin, pour ne pas louper la ruelle, évidemment baptisée « de l'église », et accéder à la place. Même en ce cas, d'ailleurs, pas question de passer, puisque le marché en prenait l'entière possession.

Comme chaque lundi, on s'interpellait joyeusement, entre habitués, tout en enfilant des tubes et en dressant des tréteaux. Plus tard, on se payerait le jus, sorti des thermos, en claquant des mains gantées et en se dandinant d'un pied sur l'autre. Pour l'heure, l'énergie se répandait en cliquetis et interjections sonores. À bout de bras, on extrayait les caisses des camionnettes en ahanant et en plaisantant. Les monts environnants, semblables à des desserts de géants éternellement nappés de chantilly, résonnaient de tous ces bruits. Un vieux sapin, qui avait connu des jours meilleurs mais s'était maintenu jusque-là en évitant les guirlandes, abritait en ses branches un écureuil malicieux. Celui-ci observait la scène sans crainte. La nature, prospère dans la région, composait un véritable garde-manger, lui procurant à profusion tout ce dont son espèce avait besoin pour survivre. S'il se trouvait là, ce n'était donc ni par faim ni par gourmandise. Une force obscure, tapie dans les replis de sa chimie interne, lui commandait de s'y tenir. Parce qu'Elle arrivait, il le sentait, il le savait. À la manière dont les écureuils savent les choses.

Les clients n'étaient pas pressés. Les vendeurs seraient fidèles au poste, jusqu'à la cloche de midi, mais, dès que celle-ci retentirait, l'esplanade retrouverait rapidement son aspect habituel, mis à part quelques cagettes et des monceaux de détritus. Les malins, qui espéraient réaliser des affaires de dernière minute avec des commerçants prêts à brader leurs stocks, devaient bien calculer leur coup. Léonie ne faisait pas ce genre de pari. Toujours la première, elle donnait le « la » depuis plusieurs années. Était-elle matinale par tempérament ? Avait-elle horreur des fruits talés, à moitié gâtés par de multiples palpations ? Un travail considérable l'attendait-il ? S'agissait-il de quelque autre exotique raison ? Personne ne lui avait jamais demandé et personne ne s'y risquerait ; Léonie, elle avait de l'humour cette femme-là, mais elle ne plaisantait pas de tout et encore moins avec n'importe qui. Il fallait la voir, vous toiser du haut de son mètre cinquante-sept, quand vous alliez trop loin.

Le marchand de primeurs adorait leurs échanges taquins. Encore une fois, il la fit partir au quart de tour :

— Alors, ma poule, tu en veux combien des avocats ? Je te fais les trois pour le prix de deux !

— Pff ! (la voix dansa dans les aigus, un peu rauque, pour redescendre aussitôt dans une basse rocailleuse) toi, mon coq, t'appelles ça des avocats ?! Tout durs, tout fades, t'es pas difficile… Des avocats, quel culot, eh ben dis donc, alors moi, je suis la reine d'Angleterre, là !

— Te vexe pas, ma fiancée !

— J'en voudrais pas d'un fiancé pareil, mon pauvre Gérard, je saurais même pas quoi en faire !

— J'ai bien une petite idée, mais…

— Tiens, au lieu de dire des sornettes, là, mets-moi des tomates, elles ont l'air un peu moins vilaines que d'habitude. Et puis quelques endives, et un filet d'oranges.

Roulant des hanches, la dodue Antillaise vogua ensuite vers l'artisan boulanger qui, lui, était quelqu'un de sérieux. Là-haut, d'arbre en arbre, le petit animal bondissait, les yeux ronds et brillants semblables à des noisettes. L'homme demanda des nouvelles des pensionnaires, tout en préparant les deux grosses miches. Madame Léonie, il l'appelait le gaillard et il l'aimait bien, ça se voyait tout de suite. L'attirance des opposés, ne pouvait-on s'empêcher de se dire, quand on les voyait en conversation. Lui, grand et sec comme l'une de ses ficelles, déjà enfariné jusqu'aux sourcils dans son espèce de camion à pizza, calot blanc et veste blanche. Elle, toute en rondeurs majestueusement drapées dans le manteau de couleur sombre, longs cheveux et peau aussi noirs que la prunelle de ses yeux.

Elle appréciait faire son tour. « Le marché, c'est ma vie sociale » disait-elle parfois, sans qu'on sache s'il s'agissait d'autodérision ou non. Il est vrai que les achats qu'elle y effectuait n'auraient pas subvenu bien longtemps aux besoins de la communauté, ses emplettes étant du genre plutôt symbolique. Heureusement pour elle, parce qu'il y avait tout de même deux kilomètres et demi entre la place du village et la Résidence. Sans compter la traversée du parc, qu'elle entamait à l'instant.

Au milieu de l'allée de sable fin, bien rectiligne, elle s'accorda une pause devant le gros chêne. Le cabas posé au sol et les coudes en appui sur les genoux, elle chantonna plus qu'elle ne parla :

— Alors mon tout beau, viens donner une 'tite bise à tantine, là… Ah mais dis donc, Nono, tu sais que j'ai pas l'habitude de supplier, hein ? Allez, allez, n'aie pas peur de ta maman, sors de ton trou ; de toute façon, ta viande, elle est pas comestible, et t'as que la peau sur les os !

Secouée par son bon gros rire, elle se remit en chemin sans avoir aperçu l'écureuil, pourtant convaincue de parvenir un jour à soutirer un baiser à l'animal. Les trois biches l'attendaient, le museau tremblant, flairant le quignon et les caresses. Elle gratta la gorge de Bambou, qui rejeta la tête bien en arrière tel un chat, et la cuisinière, décidément de fort bonne humeur, en profita pour claquer la croupe :

— Ma parole, mais tu te fais du lard !

La bête, surprise, fit un bond de côté.

— Moi aussi, je sais ; mais, toi, ma belle, je vais te man-ger, je vais te préparer en civet.

Elle roula comiquement des yeux, caricature volontaire de négritude, et éclata encore de rire. Précautionneusement, les deux autres biches saisirent l'occasion pour pousser leur avantage, humant à distance la bonne odeur du pain encore chaud, pendant que Bambou tournait ostensiblement le dos.

En remontant l'allée du Château, Léonie détacha un autre morceau de pain qu'elle émietta pour nourrir à la volée les poissons rouges, dans le vaste bassin. L'invasion de la mousse verdâtre et des mauvaises herbes, qui dissimulaient complètement à la vue la bordure de carreaux anciens, la fit grommeler :

— Çui-là ! Pff, vaurien, va. Un jour, on va avoir des histoires avec ce chenapan. Je comprends pas pourquoi elle le garde !

Elle marmonnait, hochant la tête, les grosses créoles en or dansant joliment sur ses oreilles. Son mépris pour Mario, le jardinier, était déjà fort ancien. La majeure faute de l'intéressé était, mais elle se serait laissé damner plutôt que de l'avouer, qu'il accordait beaucoup plus d'importance à la serre de la directrice qu'au potager situé derrière le bâtiment. En conséquence, Léonie ne disposait pas des herbes fraîches, indispensables pour parfumer potages et autres plats, comme elle l'avait toujours fait et auparavant vu faire. Et le résultat, eh bien le résultat était tout simplement, elle avait le regret de le reconnaître, que la cuisine de Léonie n'était pas ce qu'elle aurait dû être.

— Enfin ! Mon Dieu, mon Dieu !

Elle contournait à présent le Château pour passer par la porte de service. Cent fois on lui avait suggéré d'emprunter l'entrée principale, cent fois Léonie avait répondu par un étonnement de bon aloi avant de paraître céder, et cent une fois elle avait fait le grand tour. On est ce qu'on est, mais on a sa fierté. Après avoir longuement essuyé ses pieds sur le paillasson, elle entra, laissant Nono seul et attentif sous les frondaisons. L'écureuil avait connu un établissement similaire, à la seule différence, mais elle était de taille, que les garnements qui y résidaient passaient leur temps à lui lancer des pierres, rivalisant de précision. Les embuscades incessantes ayant un jour failli lui coûter la vie, il s'était alors résolu à déménager. Ici au moins il avait la paix, même si c'était parfois un peu trop calme à son goût.

Arrivée dans son domaine, Léonie alluma le large piano en inox et posa la bouilloire bleue émaillée dessus, ainsi qu'une casserole de lait. Puis elle s'affaira à préparer le chariot roulant que les auxiliaires viendraient chercher tout à l'heure. Les confitures maison, le bon gros pain découpé en solides tartines que les pensionnaires mâchouilleraient par petites bouchées consciencieuses, et puis encore le beurre et les carafes de jus d'orange. Elle mit la cafetière en marche. En dernier, car le café, disait sa défunte mère, il doit être noir comme la nuit et bouillant comme l'amour !

Un coup d'œil à l'imposante pendule au-dessus du passe-plat.

— Ouh là là, ça va pas ce matin ! Et les filles qu'est-ce qu'elles font ? Encore à jouer les belles et papoter, pendant que la vieille se crève... Allez, Léonie, fais pas ta méchante négresse, va !

Une fois le café passé dans l'immense percolateur, elle s'en octroya une tasse, debout. Puis elle versa le liquide dans les récipients en acier et se mit en route, poussant devant elle le chariot.

La double porte battante, le long couloir et puis la salle à manger. Ils étaient tous là. Immobiles, soumis ou absents. Les regards ne se tournèrent pas quand elle fit son entrée, mais sa bonne humeur serait comme une déferlante et ils s'y préparaient. Léonie joua le jeu.

— Alors mes biquets ?... Ouh, ben quel accueil, mon vieux !

Elle s'arrêta à hauteur d'un septuagénaire au cou d'oiseau, dont les cheveux blancs dépassaient par touffes rebelles d'une casquette en velours côtelé, couleur bronze.

— Mon tonton ! La nuit a été bonne, mon tonton ?

D'une main, elle massa rapidement le crâne et s'éloigna aussitôt. Le digne vieillard, dont la vue était à présent obstruée par le couvre-chef, n'esquissait pas le moindre geste pour le remettre en place. Elle, elle continuait sa tournée, distribuant sa ration d'aliments et de bonnes paroles, attentive à chacun. Après son passage, les visages s'animèrent et des mâchoires commencèrent à remuer à vide.

— Ah La Jeanne ! On a bien dormi j'espère ? Hé Madame Michèle, qu'est-ce que vous dites de votre voisine ? Elle a encore ronflé, je parie, hein ? Oh, moi aussi, je ronfle, même si ça ne dérange plus personne, va !

— Couvrez-vous bien, Monsieur Romain, pour la promenade dans le parc, il y a un de ces petits airs frais, hein. Et attention de ne pas aller trop près de l'étang, ça doit glisser. C'est encore ce cochon de...

Miss Perls fit son entrée et Léonie se tut instantanément. Le bruit peu ragoûtant des mastications, succions de bols et aspirations de coulées rétives de café au lait prenait lentement possession des lieux. Les mains derrière le dos, impeccablement revêtue de son costume pantalon beige griffé d'un célèbre couturier italien, la directrice exécutait sa ronde d'inspection du matin, vérifiant que la vie de la maison s'écoulait selon ses instructions. Elle s'étonna de l'absence des auxiliaires de vie :

— Mais qui est de service ce matin ? Et comment se fait-il... ?

La cuisinière s'éloignait en haussant des épaules. Les mâchoires de la dirigeante se crispèrent davantage et elle tira nerveusement sur le lobe de son oreille droite, bien dégagée par la coupe garçonne assez prisée cette année-là dans les revues destinées aux femmes qui bougent :

— Attendez, Madame Damoiseau, ne partez pas si vite.

L'Antillaise s'immobilisa sous la sécheresse du ton, sans pour autant faire face. Le dos parut imperceptiblement s'arrondir un peu plus. Une fois de plus désemparée par l'attitude de cette femme, qui aurait tout de même pu être sa mère et à laquelle elle n'avait malheureusement rien à reprocher, miss Perls se racla la gorge et détourna la conversation :

— Euh, vous vous occupez bien de mes protégées, au moins ? Vous savez que la semaine dernière Religiosa était bien malade ? J'ai cru que nous ne pourrions pas le sauver ! Vous vous rendez compte ?

— Est-ce que madame la Directrice me demande de m'occuper des plantes de la Résidence ?

Léonie s'était retournée lentement et vrillait un regard narquois, bien peu en adéquation avec la servilité de la question.

— Votre jardinier... reprenait-elle, sûre de marquer le point.

— Bon, ça va, ça va, vous avez sûrement beaucoup de travail en cuisine.

Les talons de la responsable claquèrent, lorsqu'elle fit demi-tour, battant en retraite. Elle eut le temps de foudroyer du regard l'auxiliaire retardataire qui se faufilait, le regard bas, entre les tables.

Une victoire devant se fêter dignement, Léonie décida d'effectuer un détour pour rejoindre ses quartiers. Elle promena donc son chariot dans le hall, éclairé a giorno par un subtil mélange d'éclairage naturel provenant des immenses baies vitrées et d'une ingénieuse débauche de kilowattheures, œuvre sans doute d'un Architecte de Lumière ou autre Sculpteur d'Ambiance grassement payé. L'énorme ficus, objet du litige, trônait en bonne place, au centre de l'Espace Accueil. Pas rancunière, Léonie en détacha une feuille morte, au passage, ignorant comme tout le monde l'écran plat de télévision, robinet d'images éternellement fuyant. D'autant que, ici et à cette heure, les enfants susceptibles de s'intéresser aux mangas avant de prendre le chemin de l'école étaient peu nombreux.

Sitôt le petit-déjeuner terminé, Michèle fit ses adieux dans l'indifférence générale. Deux minutes plus tard, elle pestait à haute voix contre l'ascenseur. Après avoir manipulé de plus en plus violemment le bouton d'appel de ses longs doigts noueux, elle utilisa sa canne. Elle s'apprêtait à envoyer un méchant coup de pied dans la double porte hydraulique en acier brossé, lorsque celle-ci s'ouvrit brusquement, la déséquilibrant. Elle réussit un rétablissement hasardeux puis disparut dans les étages, jusqu'à ses appartements.

Elle sortit à grand-peine la grosse valise en cuir souple de dessous le lit et s'assit un instant, épuisée, récapitulant à voix basse tout ce qu'elle devait faire. Surtout ne rien négliger, car il n'était pas question de revenir chercher les affaires oubliées. Ouvrant l'armoire, elle attrapa une pile de chandails qu'elle s'appliqua à plier correctement, s'y prenant à plusieurs fois. À pas menus, elle se souvint que la photo de son fils était dans le tiroir du secrétaire. Il lui revint aussi en tête que le portrait de Marcel, au-dessus du lit, pouvait être utile, en cas de cafard, et elle s'empressa d'aller le décrocher. Elle reprit ensuite le rangement des textiles. Une ou deux robes ? Et lesquelles ? Elle choisit les deux neuves, après quoi elle ôta ses charentaises qu'elle enveloppa soigneusement d'un sachet en plastique. Elle continua ainsi, se pressant lentement, jusqu'à ce que la valise soit remplie à l'extrême limite de ses capacités. Très fatiguée, elle se reposa encore une fois sur la chaise cannée et arrangea machinalement un napperon brodé, sur la table de nuit, puis se remit au travail.

Après avoir enfilé ses pantoufles, elle sortit son joli corsage, le blanc avec un col Claudine, le plia trois ou quatre fois, à la perfection, et l'entreposa dans l'armoire. Le bagage était encore plein à ras bord et tout devait être absolument prêt avant le repas de midi. Un coup d'œil inquiet à sa montre ne la rassura pas du tout. S'activant, elle ne souffla qu'après avoir rangé une pile de chandails et accroché au mur le portrait de Marcel, qui pouvait s'avérer utile en cas de coup de cafard. Ah ! Et la photo de son bébé. Où allait-elle la mettre ? Le tiroir du secrétaire serait le meilleur emplacement. À la réflexion, elle se dit que c'était vraiment une bonne idée. Il faudrait s'en souvenir, cependant. Et puis encore ranger la valise sous le lit.

Elle terminait juste, lorsque le gong vibra dans les étages. Michèle était très contente. Elle avait suivi son programme à la lettre. Ce qui n'était pas le cas de sa voisine ; une pauvresse qui restait à trembler sur son fauteuil toute la journée en disant des sottises, sans même s'apercevoir qu'elle perdait la tête. Aucune chance que ça lui arrive, à elle !

Au même moment, la balade de l'ex-lieutenant Romain, loin d'être une partie de plaisir, ressemblait plutôt au parcours du combattant. Les médecins ignoraient pourquoi il marchait ainsi, tous les examens s'étant avérés négatifs, car aucune atteinte nerveuse, tendineuse ou musculaire ne justifiait la faible amplitude de ses pas. À tout hasard, les toubibs avaient recommandé de l'exercice et, foi de Romain, si la santé est en jeu, on n'hésite pas. Quand faut y aller, faut y aller ! La première heure lui avait permis de traverser la salle à manger, qui était une pièce de fort belles dimensions, ainsi que le hall. Personne n'avait applaudi lors de son dépassement des portes vitrées de l'entrée, ce qui représentait tout de même un obstacle redoutable. Les bougresses vous revenaient dessus, à peine vous vous mettiez en marche, menaçant de vous couper en deux, et le temps que vous les franchissiez complètement, elles avaient repris leur sempiternel manège au moins trois ou quatre fois. Mais quand on a connu des déluges de feu sous toutes les latitudes, on ne se dégonfle pas pour de foutues portes automatiques. Romain avait trouvé le truc. Il suffisait de s'immobiliser et d'attendre, parce que ces saloperies se contentaient de vous effleurer et, ensuite, elles se rouvraient toutes seules, automatiquement en quelque sorte. Il fallait par contre faire attention à ne pas se laisser surprendre.

Après, il y avait le perron. Là, mon vieux, c'était un gros morceau ! Au début, tout le monde voulait qu'il utilise le plan incliné, mais il n'était pas handicapé et se savait parfaitement capable de descendre ce foutu escalier. Mais il valait mieux y aller doucement. L'hiver dernier, il avait voulu, un jour, forcer l'allure et c'est ainsi qu'il avait dévalé les cinq marches sur son maigre derrière, risquant de briser les os d'une colonne vertébrale fragilisée par les années. Aujourd'hui, il n'avait pas chronométré sa descente, mais il devait être dans la moyenne. Comment l'ai-je descendu ? pensa-t-il, avant de s'engueuler. Mais pas le temps de blaguer, car il attaquait à présent la partie la plus délicate du trajet. Les graviers. Il y en avait au moins vingt mètres, de ces saletés. Dans une maison de retraite ! À quoi ils pensent, là-haut les zénarques, merde ? se demandait-il tous les jours.

Go ! Romain avait essayé plusieurs techniques. Marcher sur la pointe des pieds, il ne pouvait pas, donc inutile d'y penser. Avancer la tête haute, l'air de rien, avait déjà failli l'envoyer valdinguer les quatre fers en l'air, et les pas de côté lui avaient occasionné une grosse fatigue. Il était en panne d'inspiration, lorsque l'idée lui vint subitement de glisser comme sur un coussin d'air, en attaquant avec le pied bien horizontal, presque en effleurant le sol. C'était sa trouvaille de la matinée et ça fonctionnait plutôt bien. Les gravillons n'avaient aucune prise pour planter leurs angles pointus, bien vicelards, dans la chaussure, et avant qu'ils arrivent à leur fin, lui, il serait déjà loin. Ah, ah, ah ! Encore deux mètres et, après, à lui le sable de l'allée. À l'assaut !

Bon sang ! Il ne saurait jamais ce qui s'était passé, mais d'un seul coup, alors qu'il atteignait sa vitesse de croisière et trouvait son assiette, il avait trébuché, les deux mains en avant, et s'était retrouvé à quatre pattes ; heureusement qu'il avait encore de bons réflexes. Analysant posément la situation, il savait pertinemment qu'en gueulant bien fort et assez longtemps, on viendrait l'aider à se relever. Mais nom de Dieu de nom de Dieu, il n'était pas une mauviette et il avait fait l'Indochine et l'Algérie, sans parler des missions de tête brûlée. Putain, ce qu'ils en avaient chié dans les Aurès ! C'était pas pour se laisser emmerder par quelques cailloux ! Les dits cailloux avaient le dessus pour l'instant, reconnut-il en vieux routard qui sait qu'on ne peut pas gagner tout le temps ; mais, lui, il avait la tête plus dure que la pierre et il n'avait pas dit son dernier mot. Les bras et les cuisses tremblaient sous l'attaque conjuguée de centaines de piqûres aiguës, mais son cerveau fonctionnait à plein rendement. Ingénieusement, grâce à de subtiles rotations des pieds et des mains, il rapprocha insensiblement ses quatre membres. L'opération réduisait un peu sa stabilité, mais lui fournissait le levier nécessaire à sa remise sur pied. Centimètre après centimètre, il fut bientôt dans la position idéale, presque à la verticale, quoique s'appuyant encore sur les mains, un peu comme se tiennent les chimpanzés. Il prit alors une profonde inspiration, avant de lancer son offensive finale contre la pesanteur. Muscles, tendons et volonté bandés à l'extrême, il s'éleva d'un seul jet, vibrant de toutes ses tôles telle une fusée, les bras à l'horizontale. Une fois rétabli, au rapport, il effectua un court débriefing. Les graviers étaient incrustés dans les chairs. L'homme réussit à les décoller de ses paumes et les fourra dans sa poche, en guise de trophée. Le tissu du pantalon, troué par endroits, devait aussi en charrier quelques-uns. Il vérifierait ça plus tard. Le bilan n'était pas trop mauvais ; et puis, à la guerre, comme à la guerre !

Il était temps de se remettre en marche. La cloche de l'église sonna et Romain s'arrêta pour faire le point. Onze coups. Merde ! Il ne serait jamais à la caserne pour le rata de midi. Ils allaient encore venir le chercher avec le brancard, comme un vieux. Allez, en route, mauvaise troupe !

Sans surprise, les auxiliaires de vie le rejoignirent alors qu'il atteignait les escaliers. Il fit semblant de ne pas les voir, mais elles le chopèrent, chacune par une aile, et l'arraisonnèrent proprement, avant de l'asseoir dans la chaise roulante. Saletés ! Le pire, c'était leurs paroles sucrées, destinées à un merdeux. « Alors, Monsieur Romain, les poissons rouges sont toujours dans la mare ? » Elles se payaient ouvertement sa gueule. Si elles avaient su qu'il s'était étalé à l'approche du bassin, il aurait eu l'air con ! Aussi, il ne leur fit pas le plaisir de répondre et c'est quand le cortège croisa Léonie qu'il lâcha une bordée, demandant à quoi pensaient ces zénarques, bordel !

La cuisinière l'aurait sûrement compris, si elle l'avait entendu, mais les filles n'avaient pas pris la peine de ralentir ; qu'est-ce qu'elles en avaient à faire de ce qu'il radotait ? Elles se racontaient leurs histoires de gamines et riaient telles des bécasses. Il s'en foutait, parce que dans la poche, qui c'est qui serrait, comme une prise de guerre, les minuscules cailloux pendant que sonnait le gong ?

Arthur s'était soigneusement enfermé dans sa chambre avant de s'installer à son bureau empire. Après avoir ajusté ses fines lunettes en demi-lune, il avait trouvé, fébrile, la clé dans le gilet et l'avait introduite dans la serrure. Derrière le tiroir, il avait actionné le mécanisme secret et le ressort avait claqué sèchement. La main couverte de taches brunes avait récupéré le papier sur lequel s'étalaient, en anglaise de facture ancienne et à l'encre violette, des mots qu'il connaissait parfaitement. Néanmoins, lorsqu'ils jaillirent une fois de plus, l'émotion lui noua la gorge. C'était un peu comme si sa Chère, très Chère Adeline, était encore là et écrivait directement sur son cœur, avec une plume bien acérée et trempée dans l'acide. Le jour où sa main avait tracé ces signes, elle avait peu de temps à vivre et elle ne l'ignorait pas ; chaque mot, le ton de la lettre et l'intention même le prouvaient. Elle racontait que la mort ne lui faisait pas peur, mais qu'elle était triste, parce qu'elle ne voulait pas qu'il reste seul, qu'il ait de la peine. Pour la première fois, elle lui occasionnerait du chagrin et sans pouvoir le consoler, car elle serait déjà loin quand il lirait ces mots.

Pourquoi écrire à quelqu'un avec qui l'on passe ses journées ? Pour partager des choses essentielles qu'on ne peut pas aborder autrement, sans doute. Ah, c'est sûr que tout ce qu'elle disait était important ; elle avait la tête bien sur les épaules. Elle décrivait leur longue vie pleine de passion, d'amour et de tendresse, et comment ils étaient les moitiés d'un même être. Elle était l'intellectuelle du couple, le cerveau, l'Adeline. Elle aurait pu écrire des livres, être professeur voire élever des enfants et tenir la maison. Et elle l'aurait fait très bien. Mais ça, pourquoi faire ça ? Par amour ? Comment n'avait-elle pas imaginé un seul instant qu'il allait en souffrir autant ? Et qui avait posté la lettre, d'abord ? Vu son état, elle avait dû donner la consigne de l'expédier après son décès. Cette personne aurait pu se faire connaître ; on n'envoie pas une lettre pareille comme une carte postale ! Il aurait aimé entendre les mots qu'elle avait adressés à ce facteur posthume ; peut-être, ainsi, aurait-il mieux accepté l'inacceptable.

Il avait toujours cru qu'elle s'éteindrait tel un feu quand on ne remet pas de bûche, tout doucement, sous la cendre, sans se rendre compte. Ils avaient tout vécu, tout enduré, tout partagé, et ils s'étaient juré de finir la course côte à côte. Il l'aurait accompagnée, avec plaisir. Ils seraient partis comme ça, sur le grand lit, main dans la main, après avoir ingurgité quelque médicament dérobé grâce à un plan diabolique. Elle lui avait faussé compagnie. Et elle avait tiré la porte derrière elle, le condamnant à vie. Oui, l'Adeline avait fait ça, avec une simple phrase, une seule, et, pour la première fois de sa vie, il avait envie de ne pas l'écouter, de... de la tromper. Il relut. « Et si l'idée te venait de me rejoindre, mon bon Arthur, sache que ce serait contre ma volonté. La dernière volonté de ton Adeline. Tu ne pourrais pas me faire ça, mon Arthur, n'est-ce pas ? »

« Non, je ne pourrais pas, mon Adeline », répondit-il sobrement, les larmes aux yeux, serrant son mouchoir convulsivement. Secrètement, il se sentait responsable de tout ce désastre. Lorsque les médecins lui avaient appris l'issue fatale, il lui avait dissimulé la vérité, pour la protéger. Il avait feint l'optimisme, pendant des mois. Et, pendant des mois, elle avait souri tristement. Il avait menti. C'était donc lui qui avait trahi leur amour en premier. À la colère et à la tristesse succéda une vague de honte qui, comme chaque jour, le submergea. Le gong du repas résonna et le vieil homme replia la missive, l'introduisit dans l'enveloppe et remit le tout dans la cache du bureau. Il n'avait pas faim, mais il mangerait bien, pour faire plaisir à son Adeline, pour vivre longtemps et expier en portant sa croix.

La plupart se rendaient dans la salle à manger sans trop d'effort, puisqu'ils ne l'avaient pas quittée depuis le petit-déjeuner. Installés sur leurs chaises ou une des banquettes en moleskine, immobiles, voyageant peut-être par la pensée mais rien n'est sûr, ils subissaient les assauts des auxiliaires de vie. Celles-ci, correctement briefées par la direction, savaient à présent que la dégradation des capacités intellectuelles, émotionnelles et physiques des pensionnaires pouvait être retardée, à la condition expresse que ces dernières soient stimulées au maximum. Elles stimulaient donc, débordant d'une énergie à laquelle elles devaient leur place. Et allez hop, madame machin, que diriez-vous d'un peu de crochet ? vous préférez une partie de dames ? oh ben c'est pas grave, je vais vous faire la causette ! Ces filles-là, elles allaient toujours par deux, semblables aux inséparables ou aux gendarmes, et personne ne pouvait les décourager, ni les mettre en colère. Elles n'étaient pas méchantes, dans le fond, elles gagnaient juste leur vie en faisant consciencieusement ce que l'on attendait d'elles. Elles finissaient à un moment ou un autre par jouer ensemble en babillant, et c'était un peu comme la radio. Elles redressaient un corps qui glissait, essuyaient un menton humide, remettaient une mèche en place, nettoyaient des traces de beurre sur une paire de lunettes, tout ça de façon très professionnelle, sans cesser de jacasser.

La matinée avait encore passé très agréablement et la responsable du gong sursauta, ayant deux minutes de retard. Sa collègue rangea les pions sans qu'ait été déterminée de gagnante ni de perdante puis, frappant dans les mains avec enthousiasme, elle appela tout le monde à table.

Paul reposa les haltères dans le casier en bois. Il avait choisi les plus légères, leur place était donc tout en haut.

Il ne transpirait pas, et pour cause. Après s'être mis en tenue, très élégamment vêtu de blanc, une serviette autour du cou, il était descendu dans l'immaculée Salle de Sport et de Remise en Forme, vide à cette heure ainsi qu'aux autres heures. Il avait installé « son » tapis de mousse compacte habillée de robuste toile verte, et avait attaqué gaillardement son entraînement. Doucement d'abord, parce qu'il faut toujours s'échauffer, et plus encore à son âge. Lançant les bras en haut et en bas, en se penchant au maximum, il avait enchaîné sur des levers de jambes. Normalement les genoux devaient toucher la poitrine dans cet exercice ; mais il fallait aller délicatement. De fait, un observateur faisant abstraction des vêtements de sport aurait pu croire que Paul marchait sur place. Et puis les pieds ne décollèrent plus du sol, comme s'ils s'efforçaient d'entrer dans les jolies chaussures de tennis blanches. Il soufflait pourtant, tel un phoque marathonien, et c'est à ce moment qu'il décida de s'essayer au stretching, moins violent et plus tendance. Se remémorant une vidéo visionnée sur le sujet, il s'assit sur le tapis et tenta une torsion du buste qui devait logiquement amener le coude droit à se caler contre la partie externe de la cuisse gauche. Le mouvement était bizarre et, si l'on avait la chance de l'exécuter correctement, il convenait ensuite de tenir la position, avant de réaliser la figure de l'autre côté. La douleur, partie sourdement du coccyx, remonta rapidement dans les lombaires.

Paul se souvint alors qu'il avait toujours été plus esthète qu'athlète et que sa conversion tardive aux techniques sportives visait avant tout à garder la santé. Il serait donc un peu stupide de la perdre en prenant de l'exercice. Il finit donc la matinée en méditation profonde, ce qu'il croyait être la forme la plus aboutie du yoga. En fait de méditation, son activité avait essentiellement consisté à faire le point de sa vie. Il l'avait déjà fait de nombreuses fois depuis des années et, sans être fameux, le résultat n'était pas complètement négatif. Mais le bilan tiré, le comptable parti, qu'y avait-il à ajouter désormais ? Il soupesait l'idée de reprendre l'échauffement, lorsque le gong retentit. Après l'effort, le réconfort. Il n'avait pas le temps de repasser se changer, mais, accoutré de la sorte, il ne se trouvait pas trop vilain. Sans complaisance, il jugeait ne pas faire son âge. Sans doute les triceps flottaient-ils un peu, mais avec son joli polo à manches longues, ça pouvait aller. Il passa ses longs doigts dans sa tignasse argentée et remonta prudemment par l'ascenseur.

Crudités en entrée. Les grands plats de service étaient joliment décorés de citrons historiés. Les bras brandissant fourchettes et cuillers montèrent à l'attaque, en rangs dispersés, et se croisèrent en cliquetant, comme dans les films de cape et d'épée. Les tomates, bien mûres et juteuses, étaient un peu difficiles à manger proprement ; seuls les œufs mimosa furent un peu boudés, peut-être parce qu'ils vous ballonnent et vous donnent des vents. Il y avait longtemps, par contre, que la mayonnaise maison avait disparu, poursuivie et exterminée jusqu'à la dernière trace. Le calme retomba et Paul profita de ce moment propice pour réclamer son bordeaux. Les sourcils blancs et fournis ne visaient personne et il n'en dit pas plus, mais une des nombreuses auxiliaires se dirigea prestement vers l'antre de Léonie et revint avec la demi-bouteille. Elle ne fut pas même remerciée d'un regard et l'arrivée du gratin de courge balaya vite l'incident.

Les larges tranches de rôti de porc, taillé dans l'échine et baignant dans un joli jus bien dégraissé, furent instantanément la cible de tous les regards. Même les pensionnaires qui protestèrent que, encore du porc parce que c'est pas cher, se firent servir généreusement. Le secret de la cuisinière, c'était d'ajouter une jolie croûte caramélisée en frottant un peu de sucre roux avant la cuisson. Elle était la seule à le savoir, mais les gourmands s'y faisaient prendre comme des mouches sur un pot de miel.

Les auxiliaires étaient toutes sur le pied de guerre, car la viande était un des moments délicats de la journée. Découpant de minuscules morceaux, comme pour les tortues naines, elles se postèrent une par table et n'eurent pas le temps de chômer. Chacun poussant son assiette dans leurs directions, imperceptiblement, celles qui ne voulaient pas que le jus se répande sur leurs genoux avaient intérêt à ne pas traîner. Elles parlaient sans discontinuer pour tenter de juguler l'agression, sans perdre leur ton enjoué, mais on ne les sentait pas trop rassurées quand même.

La bouteille fut vite vidée. Paul, après s'être royalement servi, en avait proposé à Romain qui ne se l'était pas fait dire deux fois. Paul était le seul à bénéficier d'un privilège aussi exorbitant, même si Léonie avait la détestable habitude de mettre le vin au frigo. On ne savait pas comment il s'y était pris pour obtenir ce passe-droit et cela ne faisait que rehausser son prestige. Aussi trinquer avec lui était autant un honneur qu'une sorte de reconnaissance sociale, un signe consacrant le rang de la personne ainsi distinguée. Arthur avait tendu son verre et Romain, après un bref regard au propriétaire du précieux breuvage, y avait versé une lichette.

Ruminations, mâchouillements et déglutitions reprirent de plus belle, à chacune des tables. Le fromage et la compote de pommes suivirent sans temps mort, bien que les appétits soient sérieusement entamés. Le café de Léonie, à midi, avait un arrière-goût de vanille qui réveillait les convoitises. On avait même vu des pensionnaires se mettre à cette boisson après n'avoir consommé que du thé toute leur vie durant.

Une circulaire ministérielle prohibant le tabac dans les établissements sanitaires et sociaux, les plus gaillards dégustèrent leurs divins nectars avant de s'égailler dans toutes les directions pour s'adonner à leur vice. La directrice avait prévenu de l'installation imminente de détecteurs de fumée, instruments redoutables qui rendraient cette activité périlleuse, voire impossible, aussi on en profitait. Pour l'instant, la seule douche que l'on risquait était une bonne réprimande et un rappel du règlement. Ils devaient n'être guère plus d'un tiers à user de cette drogue. On avait essayé la persuasion, mais, cette politique ayant donné de piètres résultats, on envisageait, en coulisse, la possibilité d'une interdiction pure et simple. Le coup était risqué et nécessitait un peu de préparation. Les plus sages se rendaient dans la véranda, réservée aux fumeurs, qui était l'unique partie de la Résidence à n'abriter aucune plante. Ça empestait la fumée froide, les chaises étaient peu confortables et il n'y avait pas de chauffage, mais, en attendant, les cigarettes tétées par des lèvres minces et avides, jusqu'au filtre, étaient comme le point culminant de la journée, et c'est pourquoi la véranda avait ses inconditionnels. Dans le jardin d'hiver, son pendant sur l'autre aile, la nicotine était interdite et la nature reprenait des droits perdus sur le reste de la planète. Cette minuscule forêt vierge s'était construite par vagues successives, chacun des assauts chlorophylliens ayant été précédé d'interminables conciliabules entre le jardinier et la directrice. Malgré cela, la plupart des pensionnaires évitaient la place, prétextant de violentes céphalées et des indispositions diverses liées aux odeurs fortes dégagées par les essences rares et exotiques.

La somnolence postprandiale frappait à présent le Château et les digestions mobiliseraient toute l'après-midi. Un petit groupe traînait ses savates en direction du salon. Le maigre convoi, parvenu à destination, se répandit dans les sièges, apparemment au hasard. Des bribes de phrases furent échangées, sans parvenir à former une véritable conversation, et puis les mains se croisèrent sur les ventres, les têtes s'inclinèrent tout doucement, les respirations se firent plus lourdes et les paupières, plombées, s'abaissèrent.

Les auxiliaires étaient invisibles. Les vertus supérieures de la sieste, pressenties par les entreprises nipponnes en quête d'efficacité, avaient été récemment attestées par l'Université et, conséquemment, entérinées par l'établissement. La mélodie douce, émise en tout lieu par des haut-parleurs subtilement encastrés dans les murs, diffusait un programme étudié, dont les principaux fournisseurs étaient Mozart et Beethoven, parfois Ravel. En cuisine, toutefois, la concurrence était rude. Le zouk du radiocassette personnel de Léonie l'emportait largement sur la musique classique. Le lave-vaisselle, lui, était assez silencieux. La cuisinière et son assistante bénévole astiquaient les gamelles, trop imposantes pour passer à la machine. La Jeanne aimait bien venir faire son tour, après le repas. La compagnie de l'Antillaise, l'ambiance des cuisines qui lui rappelaient sa vie antérieure, et puis le petit café, le « spécial Léonie » qu'elles prenaient tranquillement en bavardant assises sur le coin d'un tabouret, tout cela lui donnait la savoureuse impression d'être encore de l'autre côté de la barrière, du côté des gens utiles.

Cette activité constituait la maigre réussite d'un ambitieux projet institutionnel. Basé sur les résultats les plus récents en matière de santé et de longévité, ce dernier prévoyait d'associer les résidents à de menues tâches de la vie quotidienne. La responsabilisation en lieu et place de médicaments, voilà une idée révolutionnaire. Malheureusement, comme la directrice s'en était aperçue, de la théorie à la pratique il y a souvent plus qu'un pas. Docilement, chacun des vieillards s'était au début plié à son affectation ; qui à la distribution du courrier, qui aux courses avec la cuisinière, qui au ménage ou à la vaisselle. Aux uns, il revenait de s'occuper des animaux introduits dans le parc à cet effet ; aux autres, l'entretien des plantes et massifs ornementaux. Mario avait aussi réussi à fidéliser son client. Solidarité entre compatriotes ou découverte tardive d'un goût réel pour le jardinage ? Toujours est-il que Dino, éternellement trottinant et un peu simple d'esprit, ne manquait jamais à l'appel. Qu'il pleuve ou qu'il vente, il accompagnait le jardinier en titre dans son labeur, rendant des services insignifiants, tout en s'entretenant du pays si proche et pourtant si lointain. Les modestes activités de Dino et de la Jeanne étaient les seules survivances du dessein originel, les autres personnes âgées ayant purement et simplement délaissé leurs fonctions, se plaignant, lorsqu'on les questionnait à ce sujet, de lombalgies ou, carrément, d'avoir suffisamment travaillé dans leur vie. Elles rappelaient, si l'on insistait un tant soit peu, le montant mensuel de leurs pensions et la conversation tournait court. À croire que le repos éternel était une échéance acceptée, choisie et, pour tout dire, déjà effective.

Quoi qu'il en soit, le jardinier et son aide étaient nés dans deux villages du Piémont distants de quelques kilomètres, et ce hasard prodigieux faisait d'eux des complices indéfectibles. Le fait qu'un demi-siècle se soit écoulé entre ces deux événements et que l'un des deux hommes ait récemment émigré, tandis que l'autre avait oublié sa langue maternelle, s'il l'avait jamais parlée, n'entrait évidemment pas en ligne de compte. Ils étaient compatriotes et voilà tout. Aujourd'hui ils allaient s'occuper des boutures. Mario connaissait toutes les espèces, toutes les techniques, tous les termes latins. Un puits de science, voilà ce qu'était Mario. Et Dino essayait de tout retenir, de tout comprendre et de bien faire son travail d'homme de confiance. La mémoire n'était plus ce qu'elle était, enfin, à ce qu'il s'en souvenait, mais Mario était heureux d'avoir un auditoire et Dino était content que Mario soit heureux.

Paul, Romain et Arthur avaient, eux, un problème récurrent : il leur manquait un partenaire pour entamer leur partie de coinche quotidienne. Ils avaient définitivement mis une croix sur les auxiliaires de vie ; bien que disponibles et enthousiastes par définition, ces créatures étaient viscéralement incapables de s'intéresser sérieusement à une partie. Il leur était d'ailleurs également impossible de mémoriser les règles du jeu et, en conséquence, elles parvenaient à vous gâcher complètement le plaisir. Les femmes en général n'aiment pas trop les cartes et les pensionnaires du genre féminin étaient trop gâteuses. Quant aux hommes, ils étaient rares à la Résidence et ils menaient leurs petites vies. Eux trois, c'était autre chose. Paul avait sa cour, et ses acolytes l'auraient suivi n'importe où. Ainsi, dès son arrivée, Arthur avait appris à coincher et, après s'être fait copieusement disputer pendant plusieurs mois à cause de ses nombreuses bourdes, il tenait à présent honorablement sa place. Bien sûr, on devait lui rappeler la valeur des carrés chaque fois que d'aventure il en touchait un, ce qui cassait l'effet de surprise, mais puisque c'était rare… Romain jouait bien, en habitué des chambrées et, en équipe avec Paul, ils ne craignaient personne. C'est pourquoi, pour d'évidentes raisons d'équilibre des forces et donc d'intérêt du jeu, ils évitaient de faire équipe. Paul avait expliqué que, la coinche, c'était la belote bridgée et qu'on pouvait y jouer avec un mort, et donc à trois. Il avait lui-même inventé cette variante. Ses deux partenaires avaient hoché respectueusement la tête, sans mot dire, et Paul en avait déduit que mieux valait sagement renoncer à leur inculquer les rudiments de cette forme de jeu. Les meilleures parties qu'ils avaient faites ensemble, on n'en parlait pas, parce que…

Paul fut surpris dans ses pensées par l'arrivée de

Léonie qui avait fini son service. Elle s'approcha des trois compères et installa son imposant fessier sur la banquette, bousculant légèrement Arthur qui se poussa avec le sourire. Le menton dans les mains, elle fixa Monsieur Paul en face :

— Alors mon biquet, vous cherchez un quatrième, je parie ? Je peux jouer, si je dérange pas ces Messieurs.

Sentencieusement, Paul, pesant ses mots, déclara qu'elle ne les dérangeait jamais. Les deux autres approuvèrent d'un hochement de tête et les cartes volèrent bientôt sur le carré de feutrine verte. Lui et Arthur contre Léonie et Romain.

Il fallut deux heures de lutte acharnée pour que le duo masculin s'avoue vaincu par l'équipe mixte, ayant épuisé les revanches, les « belles » et « ceux qui gagnent celle-ci ont tout gagné ». Paul avait acquis la certitude que l'Antillaise avait triché tout le long, mais lui en tenir rigueur était chose impossible puisqu'elle avait tenté discrètement de les faire gagner, eux, ses adversaires. Mais, sérieusement handicapé par son coéquipier, Paul n'avait pas réussi à concrétiser ce projet. Il fut décrété que le trophée serait une tablette de chocolat ; au lait, avait exigé Arthur, sans réaliser que son équipe avait été défaite et que sa revendication était déplacée. La cuisinière avait déclaré qu'il lui en restait peut-être en réserve et en avait ramené une par personne. Du bon, du suisse, mais sans noisettes, heureusement.

— Régalez-vous mes biquets, mais gardez de la place pour ce soir, hein !

Elle éclata de rire et partit chercher son manteau.

Les trois amis rejoignirent le groupe de dormeurs et s'installèrent face à l'écran, chacun dans ses pensées.

On dînait tôt à la Résidence, comme dans tous les établissements similaires, comme à l'hôpital. Le gong retentit et les auxiliaires partirent rapatrier les pensionnaires à la traîne. Le ratissage systématique du parc, des étages, du salon et de la véranda permit de rassembler les mangeurs impénitents, soutenus par un bras ou par de bonnes paroles. Quand tous furent en place, le chariot roulant arriva avec, à son bord, une bonne grosse soupière fumante, ce qui fait du bien le soir.

Paul but son bordeaux sans avoir à le réclamer et ses deux compères en bénéficièrent, comme à l'habitude. Arthur en profita pour faire chabrot, versant religieusement le contenu de son verre dans le potage quand il n'en resta plus qu'un peu au fond de l'assiette, comme tous les adultes de sa famille avaient toujours fait. Paul leva les yeux au plafond et Romain sourit.

Les soupes de Léonie étaient fameuses, à plusieurs niveaux. Avec ce plat, pas besoin de mâcher, ce qui est un avantage, mais il n'est pas pour autant plus simple à ingurgiter. Les commissures des lèvres souffrent beaucoup, puis le menton et le jabot. Il convient de souffler d'abord pour refroidir le liquide et puis de l'aspirer dans un second temps ; forcément il y a de la perte. Une omelette, baveuse elle aussi, suivit, délicieusement parfumée avec des petits mousserons sans doute ramassés par Léonie. Peut-être inspirée par le lot gagnant de leur partie de cartes, elle avait confectionné une mousse au chocolat à l'ancienne, en guise de dessert. À certaines tables, on s'en chamailla les dernières cuillerées et les auxiliaires de vie intervinrent immédiatement en riant, mais sans faiblesse, avant que la situation ne dégénère.

Le jour tombait quand la télé fut réglée sur le canal choisi en réunion d'équipe la semaine précédente. Le volume sonore était suffisant pour que tout le monde puisse entendre, c'est-à-dire qu'il était poussé presque à fond. Le film n'avait pas encore démarré et les informations ne faisaient pas recette, mais il était de la première importance que les pensionnaires soient tenus au courant de ce qui se passait « dehors ». Encore une idée originale, issue des réunions mensuelles avec les têtes pensantes de la Résidence. « Se couper du monde, c'est mettre un pied dans l'autre monde » avait pompeusement décrété le philosophe et la formule avait fait mouche. La météo régionale fit, comme chaque soir, passer une vaguelette d'intérêt et puis le mélodrame pour cinéphiles avertis déroula ses bobines. Le public s'éclaircit, les silhouettes s'éloignant tout doucement les unes après les autres pour reformer un semblant de groupe dans la salle à manger, comme si le temps déraillait et que Léonie devait surgir pour un repas supplémentaire. Personne ne demandait rien, mais les bouilloires électriques étaient déjà entrées en action, les infusions savamment distribuées ; tilleul et camomille pour la digestion, verveine pour le sommeil.

La journée touchait à sa fin et l'on attendait le signal. Les auxiliaires ôtaient leurs blouses et consultaient discrètement leurs montres, hésitant à passer leurs manteaux. Lorsque le jeune veilleur arriva enfin, en retard comme à l'accoutumée, son exubérance ne fit rire que lui. Il s'esclaffa en débitant quelques paroles supposées humoristiques qui ne s'adressaient qu'aux jeunes femmes ; pour toute riposte, celles-ci filèrent en ravalant leur hargne. S'il n'avait pas été le fils du président de l'association, elles lui auraient dit leur façon de penser. Ce gamin insolent et bon à rien ! Avec ses vingt-trois ans, il était le benjamin de l'équipe, si l'on considérait qu'il en faisait partie.

Il demanda aux pensionnaires, sans expression particulière, de rejoindre leurs chambres, et la troupe s'ébranla lentement puis s'éparpilla, chacun retrouvant son lit de solitude, sans desserrer les dents. Une fois ces dernières dans les verres, les vêtements bien rangés sur les chaises, les chemises de nuit et pyjamas enfilés, on se croiserait les mains ou on égrènerait un chapelet, après avoir parlé aux chers absents. Le sommeil serait long à trouver pour la plupart et les souvenirs anciens, les seuls qui vaillent, lambeaux heureux ou malheureux d'une pensée qui s'effilochait, remonteraient par vagues et tiendraient lieu d'univers jusqu'au lendemain matin.

Le calme flottait depuis longtemps sur la Résidence lorsque Charles-Henri s'installa sur son fauteuil habituel, face à l'écran. Il régla le son au minimum, s'activa sur la télécommande et choisit enfin une émission dédiée aux sports extrêmes. Ce qui lui plaisait dans ce type de rencontres, c'était par-dessus tout la règle, simple et unique : pas de règles !

La fin de semaine arrivait vite et, avec lui, son cortège de visiteurs endimanchés.

Les premiers à passer l'imposante grille, cette fois encore, furent Jo et Gilles, les Dupond et Dupont de la légion. Tous trois à la retraite de bonne heure, grâce à leur engagement au front dans les campagnes d'Indochine et la guerre d'Algérie, leur pote Romain était tombé avant eux et, tant qu'ils pourraient, ils seraient là tous les dimanches, recta. Ils s'étaient côtoyés toutes leurs chiennes de vies et se verraient jusqu'à la fin. Les deux avaient l'air de militaires, avec leurs coupes en brosse et leurs démarches raides, même s'ils avaient passé plus de temps à travailler comme civils. Après avoir acquis les mêmes galons à peu près en même temps, Romain avait trouvé une place de convoyeur de fonds et avait rapidement réussi à faire embaucher ses deux copains par la même société. Plus lucrative activité, Jo avait été garde du corps pour de grosses légumes, en Suisse, et les deux autres n'avaient pas tardé à le rejoindre. Quand l'un d'eux n'était pas au rendez-vous, c'est qu'il était malade à crever ou qu'il avait vraiment une très bonne raison. Restés célibataires, ils tiraient des bordées, allant « tâter de la fillette ». Jouant de l'ambiguïté de l'expression, ils aimaient à choquer le bourgeois. La fillette est une demi-bouteille de vin et il est vrai qu'ils savaient boire, les bougres. Pour autant, lorsqu'ils trouvaient des femelles accueillantes, ils n'hésitaient pas à se comporter en hommes. Garde-à-vous et au rapport ! disaient-ils en pareil cas.

Romain les reçut devant le Château, à quatorze-zéro-zéro pétante, et leur fit le salut réglementaire. Ils allèrent s'installer un peu plus loin et posèrent leur bivouac sur un banc de pierre glacé, malgré les rayons du soleil. Jo et Gilles exhibèrent le panier plein qu'ils ne manquaient jamais d'amener, comme si leur copain était au gnouf ou sous-alimenté, à moins qu'ils partent du principe que rien ne vaut une bouffe entre potes. Ce jour-là, Romain avait feint d'avoir perdu l'appétit, qu'il retrouva magiquement deux heures plus tard. Une fois le saucisson sorti, le cran d'arrêt taille adulte de Jo claqua et Gilles, peu au fait des appellations contrôlées en vigueur dans la Résidence, attaqua gaillardement le thème inépuisable des petites infirmières. Romain n'attendait que cette occasion pour placer leur plaisanterie rituelle. Avec tout son sérieux, il demanda s'ils se souvenaient de tout ce bromure qu'on leur avait donné à l'armée. Sur l'affirmative, il enchaîna, soucieux, déclarant qu'il avait l'impression que ça commençait à produire son effet ! Ils s'esclaffèrent et Gilles sortit la chopine comme on envoie les couleurs. Après avoir trinqué, échangé les derniers potins et usé leur stock d'histoires éculées, ils firent leur non moins traditionnelle partie de dés puis remballèrent et se saluèrent avant de rejoindre leurs baraquements. Pas de sensiblerie. Ils ne proposèrent pas à Romain de le raccompagner, connaissant parfaitement son problème, sans jamais en parler. Celui-ci appréciait ce code d'honneur, inscrit nulle part si ce n'était au plus profond de leurs cœurs d'homme.

Il lui restait quelques heures pour rentrer.

Chemin faisant, il croisa la femme de Paul, enfin son ex-femme, une grande bringue bien peu appétissante. Paul n'avait pas expliqué pourquoi elle était partie un beau jour, en emmenant leur fils. Ce dernier l'accompagnait. Il paraissait presque plus vieux que son père, avec son allure de clerc de notaire et ses lunettes à double foyer. Comment le beau Paul avait-il produit un rejeton pareil ? C'était la question que tous ceux qui les voyaient ensemble, fort peu nombreux au demeurant, se posaient. Prétextant une forte migraine, Paul les avait renvoyés dans leurs pénates à l'issue de l'heure de politesse, seule concession qu'il faisait à une vie de famille appartenant à une époque révolue depuis longtemps.

Pendant ce temps, dans le salon, l'un ou l'autre des cinq neveux de la Jeanne, tous grands reproducteurs, tenait le rôle de visiteur officiel représentant le clan, avec toute la marmaille en belle tenue. À tour de rôle, ils venaient passer le dimanche après-midi à la Résidence. Les petits-neveux étaient parfois dispensés de corvée, pour la préparation d'un examen ou d'une compétition de judo ou de foot. À défaut, ils apportaient des jeux vidéo ou des bandes dessinées achetées pour l'occasion par des parents compréhensifs. Certains s'étaient fait des copains sur place, parmi la descendance d'autres vieillards. Ceux du frère d'Arthur, par exemple. De vingt ans son cadet, il était devenu père sur le tard et sa jeune épouse, éternellement enceinte, présentait à l'ex-libraire, en guise de neveux et nièces, des moutards qui auraient pu être ses arrière-petits-enfants. Lui, avait perdu le compte et ne se risquait pas au jeu des prénoms, se contentant de glisser une enveloppe avec un billet à chacun d'eux, à tout hasard, en flattant gentiment des têtes blondes ou brunes. Et puis il y avait tous les autres.

Personne ne savait trop bien qui était qui et l'établissement prenait des allures de centre de vacances. On s'interpellait, on échangeait des livres ou des recettes de cuisine, on parlait travail ou voyages lointains, on se montrait des photos de maison ou de caravane, on sortait fumer, on se croisait aux toilettes, et, lorsque le gong résonnait, on se rendait compte que papy ou mamie était parti depuis longtemps dans sa chambre ou dans les bras de Morphée. Après une tournée de bises aux ancêtres encore présents, on se dépêchait de rassembler ses affaires, ses enfants, ses esprits et l'on prenait congé au parking, au revoir, à bientôt, ben oui, à la prochaine fois. On remontait alors dans sa jolie voiture pour reprendre le chemin de la maison et le cours normal de la vraie vie.

C'est ainsi que le temps suivait son cours, déroulant les mêmes rituels de jour en jour, de semaine en semaine et de mois en mois. Les événements exceptionnels eux-mêmes étaient correctement programmés, dans la mesure du possible. Un anniversaire, les fêtes de fin d'année. Seul le départ définitif d'un résident pouvait prendre un tour plus subit. Et encore ; l'absence ne donnait lieu à aucun commentaire officiel. Simplement les rangs s'éclaircissaient et puis un nouveau arrivait dans l'indifférence générale. Il y avait bien le bébé de Josiane, l'auxiliaire de vie recueillant le plus de suffrages. Après s'être cru stérile, elle avait fini par connaître les délices de la maternité. Elle donnait très fièrement des nouvelles régulières des progrès de son petit ; l'apprentissage de la marche, de la propreté, quelques bons mots. Pas de quoi être tenus en haleine, mais cela apportait un peu de vie, et du changement aussi.

Un jour pourtant, un incident anodin enraya cette machine bien huilée. On dit qu'un simple battement d'ailes de papillon peut, par une série de réactions en chaîne, produire un ouragan à l'autre bout de la planète. Le papillon, en l'occurrence, se nommait Nono.

Ce jour-là, pas de marché. Léonie n'en était pas moins matinale pour autant. Il avait givré et elle pressait le pas, davantage à cause de ce froid qui s'attardait et auquel, décidément, elle ne se ferait jamais, que de l'urgence de la tâche ou d'un quelconque retard. Il ne lui avait jamais été demandé de comptes sur l'utilisation de son temps, d'ailleurs ; non par quelque grandeur d'âme de la direction, mais parce qu'il était de notoriété publique que madame Léonie Damoiseau travaillait beaucoup plus d'heures que la convention collective ne l'exigeait. Aussi, un décompte scrupuleux aurait conduit à lui payer de nombreuses heures supplémentaires. Elle trottinait à présent de son pas ondulant et rond. Fidèle à son habitude, elle fit une halte à hauteur du vieux chêne, s'apprêtant à interpeller Nono, l'écureuil rétif, mais l'habituel ballet de séduction fut interrompu, avant d'avoir commencé, par la dégringolade de l'animal, comme s'il avait guetté cet instant. Ventre à terre, il fila en diagonale, laissant la cuisinière bouche bée. Intriguée, elle le suivit des yeux et sa surprise monta d'un degré lorsqu'il s'arrêta net puis tourna le regard vers elle en se redressant. Nono ne s'étant jamais comporté de la sorte, elle s'imaginait qu'il allait enfin accepter de lui donner ce baiser qu'il lui refusait depuis leur première rencontre. Médusée et parlant pour elle-même, elle s'entendit répondre à l'invite muette, d'une voix synthétique :

— Oui, mon Nono, tantine arrive, elle te suit...

Ils parvinrent ainsi, l'une derrière l'autre, jusqu'à la cabane en méchante tôle verte dans laquelle le jardinier remisait ses outils. Ne sachant que penser de l'aventure, la femme se croyait déjà victime d'un tour de son minuscule ami et entamait un demi-tour, lorsqu'un bruit dans l'appentis piqua sa curiosité. Elle pensa tout de suite à un pauvre bougre qui avait dû trouver là un abri pour la nuit. La réalité n'allait pas tarder à démentir cette version des faits. Miss Claude Perls apparut en personne. Elle avait troqué le joli tailleur-pantalon beige contre un ensemble sobre, de couleur noire. La mèche en bataille, la veste mal boutonnée et le teint rosissant, elle essayait maladroitement de tirer sur l'ourlet de l'étroite jupe remontée à mi-cuisses, et qui, malgré toute sa bonne volonté, ne parvenait pas à couvrir les longues jambes osseuses. Ouvrant la bouche pour justifier sa présence, elle tordit l'une de ses fines chevilles. Il est vrai que, dans la terre meuble, les talons hauts nécessitent des tendons solides et un entraînement conséquent. Se raclant la gorge, probablement en vue d'une seconde tentative, elle fut devancée par une voix virile, rendue caverneuse par les parois métalliques :

— Ma ! tou as oublié ton sac à main !

La voix et le tutoiement. C'en fut trop. Ignorant son réticule ou le jugeant en de bonnes mains, la coupable s'éloigna prestement. Malgré leur opposition presque physique, Léonie se justifiait, aussi gênée que sa patronne :

— Je voulais juste attraper l'écureuil…

L'autre était loin déjà. Son départ avait l'allure d'une fuite, d'un aveu, d'une débâcle.

Les auxiliaires de vie étaient encore en retard et, lorsqu'elles finirent par arriver, Léonie avait déjà allumé le piano en inox et posé la bouilloire bleue émaillée dessus. Le pain, le beurre, le jus d'orange et enfin le café. Elle poussa le chariot roulant, mais ne dit mot à quiconque. Les têtes se tournèrent vers elle, ce jour-là. Elle ne les remarqua pas et emplit les bols sans poser de questions, car elle connaissait parfaitement les habitudes des uns et des autres. Ses gestes étaient lents ; elle omit de taquiner la casquette de son tonton.

La matinée se déroula, presque identique aux autres. Les auxiliaires, enjouées et disponibles, avaient toujours leurs provisions de phrases sucrées et leurs préoccupations de gamines. De la cuisine, l'entrechoquement métallique des gamelles monta encore ce matin, mais moins gai, plus dur, et nul chant ne l'accompagnait. L'air sombre et le silence de la maîtresse de maison, inhabituels, planaient sur l'atmosphère de la maisonnée, modifiant imperceptiblement la vie de tous.

Michèle se pressa pour boucler sa valise. Elle plia, rangea tout ce qu'il y avait à plier et à ranger, parce qu'elle l'avait décidé et qu'elle faisait toujours ce qu'elle avait décidé, et qu'on n'avait jamais pu la détourner de son chemin. Ses parents, ses amis, ses amours, personne. Mais une fois de plus dans sa vie, elle exécuta sans goût des gestes dont elle avait attendu une étincelle de bonheur. Pour comble de malchance, elle se rendit compte, sa tâche achevée, qu'elle avait oublié la photo de son bébé dans… où donc l'avait-elle fourrée ? Ah, dame ! Il ne fait pas bon vieillir. Elle se consola en se disant qu'elle partirait dès demain, puisqu'il en était ainsi. Voilà tout. Elle ferait ses bagages et elle prendrait le premier bus pour la grande ville. Puis elle se demanda pourquoi elle voulait s'en aller et le gong sonna. Elle retint juste qu'elle avait pris la ferme décision de partir mais… demain, car elle était trop fatiguée aujourd'hui.

L'ex-lieutenant Romain était préoccupé. Il n'aimait pas quand le petit vélo vous tourne dans la tête, parce qu'il en avait connu plus d'un qui étaient devenus zinzins comme ça, et il se lança sans plus attendre dans sa folle course. Objectif : le bassin. C'était sa mission et, nom de Dieu de nom de Dieu, une mission, on la remplit coûte que coûte, même si l'on doit compter ses abattis à l'arrivée ! Lancé à la vitesse d'un boulet, il traversa le hall et descendit les escaliers, puis se retrouva d'un coup en train de fouler le sable de l'allée sans même avoir vu passer les graviers. Sacrebleu ! Comment diable avait-il fait ? Il lorgna vers le bassin, à quelques encablures, et y parvint en un rien de temps. Un sentiment de malaise diffus l'étreignit. Réalisant que l'horloge de l'église n'avait pas encore sonné, il se dit que, bah, même les curés doivent tomber malade et ne s'inquiéta pas outre mesure. Pile quand il apercevait le premier poisson rouge, la cloche retentit et il compta les coups machinalement. Dix. Foutre diantre ! Le sonneur avait picolé ou quoi ? Il examina, l'air mauvais, le manège de la petite friture venant téter les bulles d'air à la surface pour s'esquiver aussitôt, toutes voiles dehors, effrayée par sa propre audace. Après quoi, il pivota à cent quatre-vingts degrés en se demandant pourquoi l'État-major lui avait donné un ordre aussi débile que celui de rallier cette mare. Mission accomplie, direction le bercail. De retour à la base bien avant le temps réglementaire, il passa, raide et claquemuré dans un mutisme digne du secret défense, devant des auxiliaires de vie virevoltantes tels des vautours autour d'un cadavre ; il claqua la porte et s'enferma à double tour dans son quartier général, de fort mauvaise humeur, contre toute attente.

Paul, délaissant la salle de sport, monta dans sa chambre et s'assit tranquillement sur son rocking-chair. Il envisagea d'écrire une courte lettre à sa fille, dans laquelle il lui expliquerait, une fois pour toutes, sa façon de voir et ce qu'avait réellement été sa vie, notamment ses problèmes de couple. Soupesant cette idée, il acquit vite la certitude qu'elle n'y comprendrait rien et renonça. Quelques anciennes de ses jeunes maîtresses lui revinrent en mémoire et l'envie de savoir ce qu'elles étaient devenues le chatouilla. Mariées, vieillies et usées, avec des moutards et des arrières petits-enfants en veux-tu en voilà, sûrement. Il remonta encore le cours du temps et songea à la première femme qu'il avait possédée. Une dame assurément ; une amie de sa mère. La trentaine, un sourire étincelant et un corps de déesse. Du tempérament avec ça. Elle l'avait initié aux gestes de l'amour, lui qui n'avait que quinze ans, et il lui devait beaucoup. Un rapide calcul l'amena à réaliser qu'il y avait peu de chances qu'elle soit encore en vie, ou alors dans un état de décomposition avancée. Dégoûté, il fit un brin de rangement en attendant le gong.

Arthur, veuf de son état, monta dans sa chambre et fit les mêmes gestes que la veille. Besicles sur le nez, il trouva la missive dans son logement ; le ressort caché joua bien dans le secrétaire, mais celui de son âme avait l'air grippé. Examinant le dernier message de sa défunte épouse, il ne vit que du papier jauni et de l'encre violette. Les mots dansaient sous ses yeux et il s'astreignit à parcourir le document jusqu'au bout. La question fatidique, sur laquelle il comptait pour se faire un peu de mal, ne provoqua pas le moindre sentiment et il replia la feuille en secouant la tête, désolé. « Ma pauvre Adeline » fut tout ce qu'il s'entendit articuler ; après quoi, il s'assit sur le lit double pour fixer le plafond. Une intense fatigue l'envahit et ses paupières se fermèrent toutes seules. Sa main se referma sur du vide lorsqu'il bascula dans le sommeil, et les auxiliaires de vie, inquiètes, durent monter le chercher en ne le voyant pas arriver, bien après que le gong eut résonné.

Le repas fut servi dans les règles de l'art à des résidents qui mastiquèrent leurs portions de lentilles et charcuterie, puis les cuisses de poulet rôti, avec la peau bien craquante, le yaourt et enfin la crème renversée. On entendait voler les mouches, mais ni la saison ni le lieu n'étaient propices à ces insectes. La bouteille de bordeaux de Paul était à sa place, devant son verre, mais il n'y toucha pas. Romain, n'étant pas du genre à quémander, n'y fit pas la moindre allusion. Quant à Arthur, c'est bien simple, il n'avait goût à rien.

Heureusement, la partie de cartes allait sûrement remettre tout le monde d'aplomb. La question du quatrième joueur n'était pas réglée et Paul aurait fort à faire pour trouver une solution. La Jeanne, un peu grippée, se contenta d'une sieste avec les autres dans la salle télé, plutôt que d'aider en cuisine, ce qui n'empêcha pas Léonie de finir rapidement son travail. Contre toute attente, elle vint ensuite, sans en demander l'autorisation, se poser avec les joueurs, événement qui, deux jours consécutifs, ne s'était jamais produit auparavant. Arthur, ailleurs, n'ayant pas réalisé qu'il convenait de lui céder la place, elle s'installa en face de lui. On décida de jouer comme on était assis et c'est ainsi que Paul et Romain firent équipe contre Léonie et Arthur, configuration toujours soigneusement évitée jusque-là. Les cartes collaient un peu aux doigts. Les hommes l'emportèrent haut la main, comme prévu, trop facilement malgré les très étonnants carrés d'as, de dix et même de valets qu'Arthur annonça par trois fois, parfaitement au courant de leur valeur. Personne ne coincha personne. Même les auxiliaires n'auraient pas joué de manière plus mécanique, ce jour-là.

Les fumeurs fumèrent un peu plus que d'habitude, la maniaque du tricot tricota et la radoteuse radota. Et puis des auxiliaires entamèrent une partie de dames avec des résidents, c'est-à-dire qu'elles jouèrent ensemble en se racontant leurs petits déboires sentimentaux.

La grosse pendule du vestibule fit tomber des minutes qui, à force, devinrent des heures.

Le moment vint pour la cuisinière de disparaître dans son domaine et les casseroles recommencèrent à tinter. La nuit, qui venait tôt en cette saison, était tombée depuis peu, et ce fut l'heure du dîner.

L'entrée était constituée, comme chaque soir, d'une assiette d'antioxydants. C'était encore une idée innovante de la direction. L'établissement se prêtait à une expérimentation différentielle, en double aveugle, de plusieurs substances. C'est ainsi que ces pilules colorées, que tout le monde prenait pour des anticoagulants, des antidépresseurs et autres traitements classiques généralement dispensés aux personnes de cet âge, contenaient en fait soit un placebo, soit un cocktail à base de vitamines A, C, E, de sélénium, de zinc et de ginkgo. D'autres principes actifs, moins connus, se cachaient derrière des noms barbares tels que N-acetyl-L-cystéine, acide alpha-lipoïque ou coenzyme-Q10.

La directrice, enthousiaste et pionnière dans l'âme, avait signé un contrat avec le laboratoire effectuant cette recherche sur la longévité. La contrepartie était une nette amélioration du budget de la Résidence et la satisfaction de collaborer à un programme scientifique majeur et porteur d'avenir. Le projet, qui devait durer onze ans, en était déjà à mi-parcours. Les pensionnaires, cobayes malgré eux, seraient peut-être informés de leur modeste contribution à l'avancée de la Science, mais c'était une option. Miss Perls, plus sûrement, bénéficierait, elle, d'une publicité toute personnelle.

À la soupe de légumes succéda une fricassée provençale puis, après les portions de camembert, la lumière s'éteignit soudain et la double porte battante de la cuisine s'ouvrit, offrant aux regards éteints un énorme gâteau sur lequel neuf grosses bougies pleuraient des larmes de cire. L'une des auxiliaires présentes, probablement désignée à l'avance pour cette tâche, entonna avec un bel entrain « joyeux anniversaire Lucienne », vite épaulée par ses collègues. Il y eut un temps mort, les auxiliaires regardant du côté de chez madame la Directrice qui, en pareil cas, s'autorisait une allocution. Quatre-vingt-dix ans, ça commence à être une performance, et nécessite donc un peu de solennité. En plus, c'est un chiffre rond. Les hésitations furent vite levées, la pâtisserie étant parvenue au destinataire ; celle-ci, sous les encouragements conjugués de tous les employés présents, envoya un insignifiant souffle d'air, chargé de salive, dans la direction approximative des flammes. La pâte d'amande souffrit beaucoup, mais personne ne fit mine de s'en offusquer. Les bougies s'éteignirent, plus grâce à l'aide précieuse de l'auxiliaire placée stratégiquement derrière l'intéressée que par la puissance de l'expiration de la toute nouvelle nonagénaire.

— Un discours, un discours…

Les auxiliaires avaient-elles décidé de s'amuser aux dépens de la résidente ou étaient-elles simplement en peine de réalisme ?

— Oh, ben… chevrota la vieille.

Le reste se perdit dans un fort tremblement de toute sa carcasse et il fallut lui essuyer prestement le menton. Les résidents participaient à la scène tels les soldats de plomb menant bataille. Le gâteau fut découpé en parts égales et l'on en mâchouilla de petits bouts.

Il est établi que les auxiliaires de vie ne se découragent jamais. Elles le prouvèrent en décrétant, avec conviction, que les circonstances imposaient que l'on dansât. Accrochant les uns et les autres par une main, tirant des bras, elles allèrent jusqu'à tenter de soulever des corps rendus pesants par la force d'inertie. D'un appareil portatif, apparu fort à propos, nasillait une musique supposée entraînante. Il leur fallut se résoudre à danser entre elles, ce qui ne les rebuta point. Elles s'exécutèrent pendant un temps assez long pour que l'échec ne soit point trop manifeste, tout en riant, follement heureuses, sans omettre de consulter leurs montres. À l'heure dite, elles avaient quitté leurs blouses.

Ce fut un bien bel anniversaire.

Charles-Henri parut sur ces entrefaites, oubliant d'être en retard et saluant sobrement l'assistance. À vingt-trois heures, les vêtements bien pliés sur les chaises, les chemises de nuit passées et les râteliers dans les verres, la tranquillité la plus totale régnait dans l'établissement ; seuls quelques regards couraient au plafond, en prise avec de vieux fantômes.

L'agaçante sonnerie du téléphone cellulaire du veilleur retentit, pareille à une alarme, et le jeune homme s'empressa de répondre, inutilement à voix basse :

— Ouais. Qu'est-ce que tu veux ?… Ben je bosse… Non pas maintenant, on avait dit demain, je suis de congé… T'es ouf ou quoi ??? Mon père me tuerait, s'il savait ça !… Président ouais, il est président, et, justement, il est bien placé pour me virer et me couper les vivres !… Oh vous faites chier, les gars !… Ah bon ? Des news ? Elles sont comment ?… Mais juste un moment, alors. Ça se passe où ?… Ouais, ouais, bon ben, j'arrive…

Une poignée de minutes plus tard, il eut le plus

grand mal à démarrer son bolide sans envoyer un litre d'essence dans le carburateur. Il n'avait jamais remarqué que son moteur fût aussi bruyant. Passé la grille, il enclencha la seconde et une fois sur le bitume, à peine le premier virage amorcé, il envoya toute la gomme. Les pneus hurlèrent.

Le lendemain de fort bonne heure et sans avoir aperçu Nono, Léonie sortit de son sac la clé de la porte de service et fit jouer le pêne. Elle venait d'accrocher son manteau et s'apprêtait à enfiler sa blouse, lorsque, sentant tout à coup une présence dans son dos, elle sursauta. Bras croisés sur un boléro pied-de-poule, assorti au pantalon, chemisier à large col gris perlé, miss Perls la fixait.

— Nous avons à parler.

— Bien, Madame.

L'entraînant dans son sillage, la directrice, raide, ouvrit son bureau qui était spacieux, clair et aménagé avec goût, comme il se doit pour un bureau directorial. Laissant passer sa subalterne, elle se carra ensuite derrière la table de travail en marqueterie et croisa les bras avec assurance, marquant un silence. Elle avait dû penser soigneusement ce geste, très étudié. Léonie attendait, simplement posée sur la chaise de style, les talons effleurant la moquette d'un très joli bleu roi. Les hostilités allaient commencer et l'Antillaise baissait la tête, honteuse. Mais de quoi, grands Dieux ? D'avoir vu ce qu'elle n'aurait jamais dû voir ? Des égarements de cette femme ? C'était à elle d'avoir honte. Oui, mais voilà, Léonie savait que, contre les riches et les puissants, les gens d'en bas ont toujours tort ; elle le portait dans sa chair, pas dans sa tête. Elle ne se trompait pas de beaucoup, en l'occurrence, la suite de la conversation allait le prouver. L'attaque vint par les flancs :

— J'ai analysé la comptabilité ligne par ligne, madame Damoiseau. Le compte fournisseur de votre poste laisse apparaître une anomalie. Vous voyez de quoi je veux parler ?

— Non, Madame.

— Il est très surprenant que la consommation de produits alcoolisés prenne de telles proportions, dans un établissement tel que le nôtre.

— Il n'y a que le vin de Monsieur Paul, et puis le rhum pour certains plats…

— J'attendais cet argument. Je ne suis pas un cordon-bleu, je l'avoue, mais je crois qu'une moyenne d'un demi-litre de rhum par jour est une quantité nettement au-dessus de ce qui est nécessaire et raisonnable pour des personnes âgées.

— Il m'arrive d'en boire une goutte à l'occasion, Madame.

— Cinquante centilitres à quarante degrés, c'est bien plus qu'une goutte, je suis désolée.

— Chez nous, on boit le rhum, Maâme… entreprit de se disculper Léonie qui retrouvait ses intonations antillaises.

Elle fut vite coupée par sa supérieure hiérarchique ; le gibier, bien rabattu courrait droit dans le piège :

— Chez NOUS, madame Damoiseau, boire de telles doses d'alcool fort s'appelle de l'alcoolisme. Et le faire pendant les heures de travail s'appelle une faute professionnelle grave pouvant aboutir à un licenciement sec, …si j'ose dire.

Sur ce léger trait d'esprit, elle s'autorisa un demi-sourire avant de déclencher l'hallali, d'une voix sucrée que peu de gens lui connaissaient :

— Je suis embêtée, très embêtée. Notre président est membre d'une ligue antialcoolique et il est très à cheval sur le sujet. S'il apprenait que je couvre de tels agissements, je serais moi-même en danger.

— J'essayerai de faire attention, Madame.

— Oh, mais je vous demande plus, beaucoup plus que ça ; il faudra vous soigner. Je vous indiquerai un médecin de mes amis que vous irez voir de ma part.

— J'irai, Madame.

— Je n'en doute pas. C'est pour votre bien, madame Damoiseau, entendons-nous bien.

— Oui, Madame.

L'entretien était clos et la cuisinière, dos courbé, se dirigea vers la porte. Avant qu'elle ne l'ait ouverte, la voix reprit, légère :

— Le fait que vous m'ayez vue hier, à la cabane, ne signifie rien et n'a aucun rapport avec notre échange d'aujourd'hui. Je n'ai pas à me justifier de ma vie privée. C'est clair, n'est-ce pas ?

— Oui, Madame. Très clair.

— Voulez-vous que Mario se débarrasse de cet écureuil ?

— Non merci, Madame.

— Allez !

Léonie sortie, miss Perls allongea ses tibias devant son fauteuil club et, attrapant son sac au passage, prit son étui à cigarettes en or et son briquet du même métal qui claqua lorsqu'elle eut allumé sa *king size*. Elle se repassa mentalement la bande de la conversation, envoyant très élégamment un rond de fumée vers le plafond. Elle se jugea impeccable. Impeccable était son mot préféré, notamment quand il s'appliquait à Claude Perls. Laquelle ne fumait que dans les très grandes occasions.

Léonie reprit son travail moralement et socialement soulagée, puisque chacune était à présent revenue à sa place, mais la rage au ventre.

Michèle s'occupa de ses bagages et de la photo de son bébé et, à midi, tout était de nouveau bien rangé dans l'armoire ; Romain trébucha sur les graviers, sans chuter toutefois, et, pressé par l'heure, dut faire demi-tour avant d'être arrivé ; Paul fit semblant de garder la forme ; quant à Arthur, les lignes couchées à l'encre violette sur le papier par sa femme des années plus tôt le retournèrent fort plaisamment jusqu'au fin fond de l'âme, lui arrachant quelques larmes salées. Et puis ils mangèrent tous ; la bouteille de bordeaux fut vidée et les gamelles de Léonie furent lavées par la Jeanne, après quoi elles burent leur café spécial. Ces messieurs de la coinche durent accepter qu'une auxiliaire jouât avec eux. Romain tomba avec celle-ci et déclara que, à la guerre comme à la guerre ; Paul ajouta qu'au bridge aussi il y a un mort. Il toussa plus qu'il ne rit de sa propre plaisanterie et Arthur se contenta de mal jouer, ne déclarant pendant toute la partie qu'une malheureuse tierce. La sieste se fit sur une œuvre mineure de Bach ; mi mineur, pour être exact.

Le président, qui passait signer les papiers importants au moins une fois par semaine, fit son apparition sur le coup des seize heures trente et trouva sa directrice d'excellente humeur. Elle sollicita qu'il lui consacrât cinq minutes et l'informa d'une difficulté qu'elle s'empressa de nommer, puis exposa comment elle avait traité le problème, en taisant bien évidemment le réel mobile de toute l'affaire.

Monsieur Beyssac était un bonhomme rondouillard, court sur pattes et dégarni, n'ayant conservé qu'une mince couronne de cheveux gris qui courait d'une oreille à l'autre. Responsable d'un établissement bancaire régional, c'était un sanguin qui ne prenait jamais de demi-mesure. Après avoir écouté l'exposé de miss Perls, qu'il appréciait pour ses qualités managériales et sa capacité de régler seule la majorité des situations épineuses, il croisa et décroisa et recroisa ses courtes jambes entortillées dans un pantalon de flanelle grise, ajusta son blazer bleu marine et se gratta le sommet du crâne, embarrassé.

— Il serait préférable de la licencier, vous connaissez mon point de vue sur la question de l'alcool.

— Oui, je sais. Elle est pourtant une employée modèle, en dehors de cet écart, et les résidents l'apprécient bien, dans le fond.

— Bien entendu, la gestion du personnel vous incombe et j'ai pour principe de faire confiance aux directeurs que j'embauche, mais ce genre de complications est source d'histoires.

— Je me porte garante d'elle. Elle va se soigner, je m'y engage.

— Bon… Écoutez, cela tombe vraiment très bien, parce que j'ai une faveur à vous demander.

La logique de la transition n'était pas explicite, mais

très claire cependant.

— Je vous écoute.

— À l'université où je compte quelques relations, on m'a sollicité un service. Une doctorante en sociologie souhaiterait effectuer une recherche chez nous. Son nom est Julia Dancourt. J'ai oublié le sujet de sa thèse et je m'en moque un peu, mais j'aimerais que vous la preniez et que vous facilitiez son travail. Vous n'y voyez pas d'inconvénients, je l'espère ?

— Si, j'en vois beaucoup… mais je vous dois bien cela, n'est-ce pas ?

— Je suis heureux que vous ayez compris la situation.

— Elle commencerait quand ?

— La semaine prochaine, et elle restera le temps qu'elle le désirera. Ce devrait être court. Tout est déjà réglé.

— Tout est déjà réglé ? s'étonna miss Perls perfidement, avec le maigre espoir de culpabiliser son interlocuteur.

— Je savais que vous seriez d'accord. La preuve… trancha le président, sans état d'âme et coupant court à toute velléité de protestation.

Un muscle tressauta sur le maxillaire carré de la femme, et la poignée de main fut brève et énergique.

— Vous savez… ?

— Oui ?

— Si mon fils pouvait remarquer cette jeune femme, cela le stabiliserait un peu. Je connais la fille ; elle a un je-ne-sais-quoi d'indéfinissable… Bah, je vieillis. Vous devrez bientôt me faire une place parmi vos résidents !

Elle n'en revenait pas. Non seulement il lui imposait une étudiante, mais, de plus, il lui demandait explicitement de favoriser le rapprochement de son fils et de celle-ci. La prenait-il pour une tenancière d'agence matrimoniale, de bordel ou un truc semblable ? Pensive, elle finit par sonner Mario sur le portable qu'elle lui avait offert.

Sans originalité, le lundi advint à son tour, comme chaque semaine. Avec lui le marché sur la place de l'église. Et avec le marché, fidèle au poste, le taquin Gérard. Précisément, en cet instant matinal, l'œil égrillard sondait le visage soucieux de Léonie :

— Mais tu les as vus en train de…

— Non, pas vraiment, mais je ne suis pas sotte, dis donc. La Grande était toute défaite.

Ce mot l'amena involontairement à préciser sa pensée, confuse :

— …Enfin son visage était défait, mais ses vêtements aussi.

Le Gérard siffla en emballant trois avocats pour la cuisinière, ce que, même au prix de deux, il ne pensait jamais voir se produire. Songeur, il visualisa une scène, probablement érotique, avant d'ajouter :

— Je l'ai déjà vue votre directrice et, sans te fâcher, ma fiancée, il faut reconnaître qu'elle a de la classe. Plate comme une limande, mais de la classe.

Reprenant, intéressé sans en avoir trop l'air :

— Et elle aime ça, on dirait !

— C'est ce que dit radio trottoir. Depuis son divorce...

— Elle peut plaire, remarque. Elle dirait oui, je dirais pas non.

— À qui tu dirais non, toi, mon Gérard ?

Vexé, l'homme reposa la pomme qu'il tripotait machinalement et rugit :

— Elle est sucrée comme du miel, ma golden, on la goûte, mes petites dames !

Puis, à voix plus basse :

— C'est pas mon genre, je les préfère plus en chair. Comme toi.

Devant le regard de braise, il préféra bifurquer prudemment :

— Euh... et tu dis qu'elle t'a convoquée pour, euh... Tu forcerais pas un peu sur le jaja, toi, ma poule ?

— Réfléchis, mon pauvre Gérard. Est-ce que j'ai l'air d'une poivrote ?

— Te fâche pas, on discute ! Tu sais de quoi tu as l'air ? D'une très jolie femme, très seule, et très en colère.

— Ben voyons !

Reniflant un bel ananas, il le tendit à l'Antillaise, avec un clin d'œil :

— Allez tiens, cadeau. Et te caille pas les sangs, ma belle. Si jamais tu te retrouves au chomdu, viens me voir, on trouvera toujours une solution. Tiens, on pourrait faire dans le fruit exotique. Avec toi, je suis sûr que les ventes monteraient en flèche.

— Pour t'avoir sur le dos toute la journée ?

— Sur le dos, sur le dos, c'est vite dit...

La belle secoua les épaules, mais son interlocuteur, contrairement à son habitude, n'alla pas au bout de son allusion grivoise, fixant la jeune cliente qui s'approchait. Très professionnel, il articula :

— Et pour la petite dame, qu'est-ce que ce sera ?

Au même moment, la cuisinière aperçut Nono ; enfin un écureuil, mais elle aurait juré que c'était lui, à deux pas. L'espiègle rongeur se tenait au pied d'un sapin de belle taille, quoique fort déplumé, et il la fixait tout en remuant vigoureusement la queue. Elle hésitait quant à la conduite à tenir lorsque son regard revint sur Gérard et la fille. Celle-ci extirpait de son mini sac à dos en cuir beige, un cahier. La couverture à carreaux rouges et blancs ! Un choc. Léonie avait acheté un cahier semblable à son aîné, le jour, le dernier jour, enfin quand… Les jambes fauchées, elle ressentit un début de vertige et une irrépressible envie de dormir. Se raccrochant à l'étal du marchand de primeur, elle se força à avancer. Lorsqu'elle atteignit le fournil ambulant, le boulanger remarqua qu'elle n'avait pas l'air en grande forme, Madame Léonie. Sans répondre, elle saisit les deux grosses boules et poursuivit sa route. Plus loin, dans le parc, elle ne jeta pas le moindre coup d'œil au vieux chêne qui tendait ses branches encore nues et ne posa pas son cabas non plus. Les biches lui lancèrent des regards mouillés, sans succès, et elle fut vite à pied d'œuvre dans son refuge.

Michèle entra, toute excitée, alors qu'elle s'apprêtait à allumer le feu sous les gamelles.

— Regarde, regarde !

— Qu'est-ce que tu veux que je regarde, ma bonne mimi ?

L'autre trottina jusqu'à la fenêtre latérale, sans mot

dire. Intriguée, la cuisinière la suivit. La scène était touchante. L'écureuil était niché dans la main d'une jeune femme blonde et tenait entre ses deux pattes en conque une jolie pomme jaune qu'il rongeait avidement. Léonie reconnut la cliente du marché et planta là son assistante pour aller y voir de plus près.

Campée sur le pas de la porte de service, celle-ci observait en silence Nono, pas effarouché pour autant, qui continuait son repas de fortune. Elle n'était apparemment pas la seule. Mario, apparu entre deux arbres, s'approchait gauchement. L'Antillaise comprit à ses attitudes que le séduisant italien engageait la conversation sur un ton badin. Des rires lui parvinrent, étouffés. Point n'était besoin d'entendre les propos pour en apprécier la teneur. La fille déposa doucement le petit animal au sol, s'apprêtant à suivre l'homme, lorsque la directrice fusa de l'entrée principale, à longues enjambées, drapée dans son trois-quarts de renard bleu d'où émergeait un pantalon rouille. Léonie, entre-temps rejointe par Michèle, entendit très distinctement les éclats de la voix sèche. Elle s'adressait à son supposé amant, sans la moindre inflexion de tendresse, s'enquérant d'une voix aigre de l'avancée des travaux qu'elle lui avait commandés. Le jardinier courba l'échine et s'éloigna lourdement. Miss Perls se tourna vers l'étrangère, à présent suffisamment radoucie pour que ses paroles se perdent dans les profondeurs du parc. Ensemble, les deux femmes prirent le chemin de la Résidence. Apercevant la cuisinière, sa supérieure hiérarchique l'apostropha à distance :

— Vous n'avez rien d'autre à faire qu'à espionner les gens, madame Damoiseau ?

Cette dernière lui lança un regard noir, avant de retourner à ses fourneaux en fulminant.

De son côté, l'étudiante en troisième cycle de sociologie posa une question assez habile pour calmer les esprits :

— Votre institution a la réputation d'être à la pointe non seulement pour son environnement très étudié, mais aussi pour ses méthodes de management. J'avoue être impatiente de voir cela…

L'interrogation pouvait tout aussi bien être pernicieuse. Toujours est-il, la directrice, faisant instantanément bonne figure, décida de modifier ses plans et proposa à Julia Dancourt, d'un ton redevenu très professionnel, de poursuivre la visite guidée dudit établissement pilote. Elles revinrent sur leurs pas. Le parc, pour commencer. Les récentes études sur la supériorité de l'état de santé des personnes âgées s'occupant d'animaux faisaient référence. Bien que les biches soient mystérieusement invisibles, miss Perls se félicita personnellement de leur acquisition ainsi que de celle des poissons rouges et… d'un écureuil ajouta-t-elle, trichant un peu, l'installation du rongeur dans le vieux chêne n'ayant aucun lien avec une quelconque volonté directoriale, non plus qu'avec des statistiques sur le troisième âge. Elle avait d'ailleurs proposé son extermination, sans émotion apparente, quelques jours plus tôt. Elle tut également ses sentiments sur la question, car elle avait très peu d'affinités pour les bêtes qui le lui rendaient bien, l'évitant prudemment. On avait même vu des chiens se terrer en geignant sur son passage.

Brr ! Elle remonta son col de fourrure en frissonnant et conduisit la jeune fille du côté du jardin d'hiver. Le monde végétal, un peu moins performant sur le moral des gérontes que le monde animal, avait en revanche toutes ses faveurs. C'était même son péché mignon, avoua-t-elle, s'essayant à minauder. Elle exposa longuement l'importance des fleurs, arbustes et autres espaces verts, visiblement fière que l'établissement ait investi massivement dans la chlorophylle, recréant là une étonnante jungle.

— Les résidents viennent souvent ici ? s'étonna pertinemment l'universitaire.

Miss Perls éluda, obliquant soudainement en direction du hall dans lequel les plantes et les personnes âgées cohabitaient de plus convaincante manière. Commentant, au pied de l'imposant ficus, la somme d'énergie et la science nécessaires pour obtenir une telle croissance, elle ne manqua pas de vanter les qualités de son jardinier. Les qualités professionnelles, cela va de soi.

— Mais vous avez déjà fait sa connaissance, ajouta-t-elle d'une voix où une pointe de perfidie émergeait tout de même.

Puis elles gravirent en silence la volée de marches en pierre.

— L'essentiel de notre approche, et son originalité au niveau national, réside dans une volonté de travailler scientifiquement. Tout d'abord le nombre de résidents. Nous nous limitons volontairement à une vingtaine, alors que nos capacités permettraient d'aller nettement au-delà, et notre ratio d'encadrement est deux fois supérieur à la moyenne européenne.

Ces considérations les avaient amenées jusque devant la porte métallique de l'ascenseur. Un rapide tour dans les étages. Toc, toc, peut-on visiter votre chambre sans vous déranger, madame euh… merci ; vous voyez l'aspect fonctionnel et la décoration personnalisée, le coin cuisine… chaque résident peut parfaitement préparer les repas dans ses appartements. Elle se garda bien d'avouer que cette possibilité était toute théorique et que, jamais, au grand jamais l'un d'eux ne s'y était risqué. Merci, madame, euh…

De retour au rez-de-chaussée, la double porte battante de la cuisine s'ouvrit sur une Léonie qui vaquait, bouteille de rhum en main. À ce spectacle, la directrice s'immobilisa cependant que sa jeune protégée saluait poliment, prévenue du caractère difficile de cette employée, par ailleurs appréciée des résidents pour quelque étrange raison. Comme pour corroborer cette réputation, l'Antillaise suivit le regard courroucé de sa patronne et maugréa :

— Des bananes flambées pour le dessert, c'est pas un crime au moins ?

Rassurée, miss Perls reprenait le discours de sa méthode, exprimant ouvertement un regret :

— Les régimes hypocaloriques sont tout à fait recommandés pour nos pensionnaires, malheureusement les plaisirs gourmands sont in-tou-chables. Les limites de la science. Et madame Damoiseau ne m'aide pas, en préparant des plats succulents.

Était-ce de l'humour ou le fond de sa pensée, un compliment ou un reproche ? Julia sourit à tout hasard, tandis que la cuisinière, visée par l'argumentation spécieuse, haussait les épaules, renonçant à comprendre les métropolitains en général, les femmes en particulier, et plus précisément cette directrice-là.

Indifférente à ce jugement, celle-ci, dans le couloir menant à la salle à manger, portait à présent sa veste en fourrure sur le bras, dévoilant un pull multicolore à large col roulé de la même couleur rouille que le pantalon. Elle révéla que la démédicalisation était un choix difficile, mais courageux, auquel étaient évidemment associés les proches. Elle-même avait suivi un stage sur le thème de l'implication des familles, animé par un formateur a-do-rable dont les théories se référaient à l'approche écosystémique. Est-ce que la faculté de sociologie connaissait ce type de démarche ? Non, ah, c'était bien dommage, mais enfin, elles étaient arrivées et mesdames, messieurs, une minute d'attention… Elle ajouta, en confidence :

— Mais je ne vous ai pas parlé du principal : le Comité de Pilotage de l'établissement. Vous verrez, c'est époustouflant ; un comité scientifique de tout premier ordre. Que du beau monde ! Enfin nous aurons probablement l'occasion de bavarder de temps à autre et peut-être aurez-vous la chance de…

Miss Perls faisait-elle contre mauvaise fortune bon cœur, en jouant avec brio son rôle de Pygmalion, ou commençait-elle réellement à se trouver bien en compagnie de l'étudiante ? En tout cas, on l'avait rarement vue déployer autant de gentillesse avec quelqu'un ne présentant aucun enjeu immédiat.

Julia Dancourt fut présentée à une assemblée indifférente mais consentant cependant à suspendre momentanément l'usage des fourchettes, couteaux et cuillers. Une quarantaine d'yeux usés par les ans se braquèrent sur la jeune femme. Des coudes se poussèrent et quelques voix grommelèrent des remarques sur le physique et la vêture de la nouvelle arrivante. Rien de particulier en soi. La chevelure blonde, mi-longue, était coiffée de façon assez moderne. Des mèches effilées encadraient les très jolies oreilles, finement ciselées, et la frange tutoyait les sourcils, longs et fins. La bouche, charnue et pulpeuse tel un gros fruit rouge bien mûr, se détachait bien curieusement du visage d'ange. Il y avait surtout, un peu plus bas, ces deux globes laiteux et soyeux qui pigeonnaient sans vulgarité ; juste deux oiseaux palpitants, exposés aux regards et prêts à s'envoler au moindre mouvement. Que l'on soit homme ou femme, on avait envie de les prendre dans ses mains et de les caresser, sans penser à mal. Le pull chaussette mauve, au décolleté si profond, enserrait une taille mince et fragile, et les jambes nerveuses se découvraient, la jupe ample voletant avec insouciance. Le gros fruit rouge bien mûr articula un « bonjour tout le monde » assez gracieux et l'on commença à manger avec appétit.

La stagiaire se tenait bien droite à côté de la directrice qui n'avait pas pour habitude de partager un repas avec le petit peuple ; prétextant une masse de travail, elle se faisait plutôt servir une salade spéciale dans son bureau. Elle menait à présent la conversation de manière badine, possédant son sujet à la perfection puisqu'il s'agissait des célébrissimes « journées » de la Résidence. Ces rencontres, qui réunissaient gérontologues, psys, designers, architectes, philosophes, historiens, sociologues et autres intellectuels de renom, Julia en avait entendu parler. N'était pas invité n'importe qui ; elle savait fort bien que, le jour où elle y serait conviée comme intervenante, cela signerait sa consécration au sein de l'intelligentsia locale, voire nationale. Aussi buvait-elle les paroles de miss Perls qui développait brillamment et dans le détail les échanges féconds et les conclusions fortes autant que provisoires auxquelles ce collège était parvenu. La jeune fille tut qu'il n'y avait rien, là, de révolutionnaire ou qu'elle ne sache déjà en substance, laissant finement son hôte à sa fierté.

Les études démographiques convergeaient. Si le vingtième siècle avait été celui de l'adolescence, le suivant serait celui du troisième et du quatrième âge. On annonçait l'explosion du nombre de centenaires en bonne santé dans les prochaines décennies. Une femme sur deux naissant aujourd'hui en Occident devrait atteindre cet âge canonique. La gestion de cette population nouvelle représentait un défi humain et, il faut bien l'avouer, également un marché des plus alléchants. La thèse de mademoiselle Dancourt portait en partie sur ce thème, avait-elle cru comprendre ? Oui, répondit l'intéressée, car, sans que le titre définitif en soit encore fixé, elle travaillait autour des politiques sociales concernant les plus de soixante-quinze ans. Elle hésitait à inclure la sexualité dans son étude. Ah...

Était-ce l'évocation de la sexualité ou les effets d'une conversation amicale ? Une lueur indéfinissable brillait furtivement dans l'œil de la directrice, qui lui touchait fréquemment le bras, souriant de tout son maxillaire inférieur, tête un peu penchée. La blonde semblait produire sur elle quelque effet.

Le repas achevé, Paul, Romain et Arthur évoquèrent leur problème de partenaire, envisageant mollement de se mettre au tarot. Leurs regards et plus encore leurs pensées se tournaient vers le bureau directorial. Julia finit par en émerger et, un peu désorientée, fit quelques pas de côté avant de se diriger vers eux :

— Oh des cartes. À quoi jouez-vous ?…Probablement à la belote. À la retourne ou à la vache ?… Moi, c'est la coinche que je préfère.

— C'est à ça que l'on joue, mademoiselle. Une partie ?

Paul, ayant recouvré ses esprits en premier, ne perdit pas de temps. L'occasion était trop belle. On tira les rois et Arthur, qui n'avait toujours pas recouvré l'usage de la parole, eut la chance de tomber avec la mignonne. Le regard de Romain évitait de balayer la zone dangereuse. On lui demanda de couper et il coupa. La fille distribua. Elle manipulait les cartes telle une croupière et avait l'air ravie.

Il s'avéra rapidement que rien n'irait comme d'habitude. Arthur surprit tout le monde par son audace, faisant monter très, très haut les enchères et n'hésitant pas à coincher ses concurrents. Sa façon de jouer, subtile et osée, enchaînant les impasses et autres finesses, permit à son équipe de prendre l'avantage d'autant plus aisément que, quoique appétissante, la petite avait néanmoins de la cervelle. Les quatre joueurs s'animaient et, peu à peu, les rires se firent plus précis, plus vifs et plus fréquents. Les auxiliaires, muettes, s'étaient regroupées. Qu'auraient-elles pu faire d'autre ? Tous les pensionnaires étaient dans la salle à manger. Délaissé le hall, vide la véranda, désertes les chambres. Les uns et les autres, tel un peuple de zombies, se tenaient à quelque distance de la table de jeu sans paraître s'intéresser à la partie. Vibrant, végétant et bavochant, tout ce qu'il y avait de vie semblait s'être concentré dans ce périmètre de l'établissement. Le ton monta encore autour d'une enchère record de trois cent soixante-dix points à cœur. Léonie et Michèle, achevant leurs tâches ménagères, parvenaient sur le seuil. Elles s'arrêtèrent net, interdites. Romain tapa du poing :

— Coinché, nom de Dieu !

— Surcoinché, euh… nom d'un petit bonhomme !

sourit finement Arthur au sommet de son art.

Le silence se fit. Imperceptiblement les têtes se tournèrent, comme si les résidents présents, c'est-à-dire tous, découvraient qu'il se passait quelque chose ici. Paul, malgré l'enjeu, ne disait mot, un peu étranger à la scène, se contentant de passer et repasser les doigts dans ses cheveux blancs et un peu trop longs. Le visage de Julia irradiait d'une joie simple et sincère. Des talons claquèrent sur le sol sans que personne ne s'en soucie :

— Mais que… ? eut le temps d'interroger la directrice avant de se figer.

Arthur annonça un cent et une tierce, Romain, prêt à étaler son jeu, lâcha un définitif :

— Carré de dames !

Son annonce annulait celle de son adversaire ; l'autre eut-il réalisé la capote, il lui était impossible de remplir le contrat annoncé. C'était la défaite sans combattre.

— Attendez ! J'ai un carré de rois !

Julia, fière de son effet, battait des mains. L'affaire était entendue et la partie terminée. Elle se leva et embrassa le front de Romain. Les deux obus de mortier, frôlant son visage, menacèrent de lui péter à la gueule, mais il resta de marbre. Les lèvres laissèrent une grosse cicatrice rouge sang sur la tempe, mais ce n'était pas la première fois que Romain était blessé au front. Un murmure parcourut l'assistance. Paul secoua la tête. Glissant sur leurs pantoufles, plusieurs résidents s'approchèrent du champ de bataille. La Jeanne demanda timidement à sieur Arthur s'il consentirait à lui enseigner les rudiments du noble jeu. Ce dernier, ôtant ses lunettes, renvoya la balle à Monsieur Romain, ici présent, bien plus expert que lui-même. Aujourd'hui, il avait surtout eu de la chance. Dans le court regard que lui adressa le militaire se lisait une marque de respect.

Indubitablement, quelque chose avait changé à la Résidence.

L'étudiante au généreux décolleté passait beaucoup de temps à s'intéresser aux existences des uns et des autres, retenant des détails du passé de chacun, de leurs amours, de leurs joies et de leurs peines. Était-ce dû à une mémoire prodigieuse ? Cela avait-il un rapport avec le sujet de sa thèse ? Était-elle personnellement intéressée par des vieillards dont le plus jeune aurait pu être son aïeul ? En tout cas, quelques semaines après son arrivée et après que l'écureuil se fut comporté de si étrange façon, sans qu'un lien quelconque entre les deux événements ait été établi, les discussions devinrent plus fréquentes, plus longues et plus intimes aussi. Un soir, deux, trois résidents traînèrent un peu avant d'aller se coucher puis la scène se reproduisit le lendemain et, malgré les pressions cordiales des auxiliaires, soucieuses du maintien de rythmes biologiques stables et plus prosaïquement de leur départ à l'heure prévue, la tisane du soir devint le dernier salon où l'on cause.

C'est ainsi que Jeanne évoqua pour Michèle, un dimanche soir, son passé d'employée dans une « grande maison ». La famille de riches industriels possédait de nombreuses demeures aux quatre coins du globe. Des tâches ingrates, elle avait rapidement été promue dame de compagnie dans le majestueux château normand, probablement grâce à son physique agréable et à son caractère docile. Au service de « Madame », elle s'était retrouvée un jour, seule, dans la bibliothèque avec « Monsieur ». Ce dernier, quinquagénaire séduisant et grand explorateur, l'avait embrassée sur la bouche, et ses mains entreprenantes étaient parties à la découverte de terres vierges. Jeanne était offerte et, si ce flirt s'était interrompu, c'était uniquement parce qu'on avait sonné le dîner. Par la suite, ils se croisèrent encore en de rares occasions, sans se retrouver seuls, mais il ne lui adressa plus le moindre regard. Elle se prit alors à rêver, imaginant de magnifiques histoires de princes et de roturières, convaincue que seule la condition de Monsieur et la différence de milieux étaient un obstacle momentané à leur pur amour.

Lui, voyageait passablement et Madame, qui s'ennuyait à mourir, se résolut à décéder pour de bon. Les médecins ne le dirent pas ainsi, mais les causes de son trépas ne pouvaient être que l'ennui et le désamour. Loin d'ouvrir la porte à une idylle entre la dame de compagnie, désormais sans fonction, et le maître, désormais sans épouse, cette triste nouvelle eut d'autres conséquences, moins prévisibles. Les enfants, promis à un avenir brillant, partirent pour de lointaines contrées et leur père, libre de toute attache, décréta qu'il finirait sa vie en Nouvelle-Zélande. Un administrateur fut commis à la gestion des biens et du personnel, avec pour mission de liquider les deux dans les meilleurs délais. Par lui, elle eut quelque temps des signes de vie, puis plus rien. Elle, fidèle, avait espéré l'inévitable retour de Monsieur. Elle avait attendu, attendu, et cette attente avait consumé sa vie. Elle attendait toujours…

Michèle hochait la tête, comprenant très bien, trop bien, ce que Jeanne avait pu vivre. Chez elle, les hobbies de « Père », prédateur dans l'âme, étaient la chasse à courre et les amours ancillaires, dans cet ordre. L'une des servantes, ainsi séduite puis engrossée, avait eu la désagréable idée d'être mineure. Sur ordre du géniteur, elle avait dû avorter. Cette intervention, illégale à l'époque, s'était faite sous le manteau dans de déplorables conditions d'hygiène ; l'employée n'en avait malheureusement pas réchappé. La médiation du curé et, plus probablement, la grosse enveloppe qu'on lui avait demandé de remettre aux parents de la gosse avaient permis d'éviter un joli scandale. Dieu merci, ces derniers avaient des revenus modestes et ils acceptèrent de se taire.

La vie policée et l'hypocrisie perpétuelle de son entourage ne correspondant pas à son caractère entier, la révolte de la jeune Michèle prit un tour singulier : dès l'âge de treize ans, elle se mit à fréquenter des marginaux des deux sexes, alcooliques, repris de justice notoires et voyous de tout poil. Assez douée par nature, elle apprit à se droguer correctement et à tenir une arme sans avoir à rougir. Après avoir exercé sur leur dernière enfant diverses formes de pressions, notamment, allant crescendo, morales, religieuses et financières, sans succès, Père et Mère tentèrent le libéralisme, c'est-à-dire qu'ils abandonnèrent toute velléité éducative, à la condition expresse que leur fille ne les tint pas informés de son mode de vie. Pendant quelques mois, elle connut une forme de bonheur. Malheureusement, le braquage d'une banque de campagne tourna au cauchemar, par la faute d'un client. Celui-ci, ancien commando, pris d'un héroïsme que même les compagnies d'assurances déconseillent, réussit à donner l'alarme, avant d'aller rejoindre le paradis des héros, doté d'un troisième œil. Pour comble de malchance, la maréchaussée, anormalement rapide ce jour-là, réussit à intercepter le gang. Un excellent avocat, appointé par ses ascendants, permit à la jeune Michèle, de bonne famille et sans antécédent psychiatrique ou judiciaire, de bénéficier d'une peine avec sursis. À la demande des mêmes ascendants, elle fut ensuite internée dans une très chère et très jolie clinique où ni l'alcool ni les armes à feu n'étaient admis. Elle crut mourir. Mais le psychiatre de l'établissement lui apprit gentiment que ses comportements destructeurs étaient une façon de fuir une famille au sein de laquelle elle n'avait pas sa place. Elle admit que sa sœur aînée, préférée de Mère, avait réussi sa vie sentimentale, faisant un très beau mariage sans pour autant sacrifier une vie mondaine fort remplie, et concéda que son frère, très admiré de Père, avait brillamment pris la suite des affaires familiales. En comparaison, elle, elle n'était rien. Tout juste une bonne, n'intéressant cependant pas même Père. Le médecin avait déclaré qu'elle souffrait du complexe de Cendrillon et, lorsqu'il lui eut expliqué en quoi consistait ce mal, elle convint que c'était chose possible. Elle se souvint d'ailleurs avoir souvent lu et relu ce conte pendant son enfance. Mais, en ce cas, où se trouvait le Prince Charmant chargé de la délivrer ?

Se rejoignant sur cette lancinante question, Jeanne

et Michèle, grâce à un formidable saut temporel, revinrent au présent et s'interrogèrent ensemble sur les éventuels prétendants au titre, dans le cadre restreint de la Résidence. L'une pencha pour Arthur, et l'autre avoua que Romain ou Paul pouvait être un parti acceptable.

Au même moment, ces derniers se tenaient assis autour de la table de jeu, cartes à la main, dans la chambre de Paul qui essayait de les initier au bridge. Romain, entraîné par la conversation, se remémorait sa vie de soldat, pour la première fois en leur présence. Le gros dur, en ouvrant son cœur, laissa entrevoir à ses copains stupéfaits des blessures mal cicatrisées. Il déclara souffrir de l'absence de vie sentimentale, de famille et d'enfants surtout. Il parla, parla, racontant les horreurs de sa guerre. Et puis, quelques instants plus tard, il confia, les yeux rougis, le regard fixe et les dents serrées, la raison de ses choix de vie...

C'était, il y a bien longtemps, dans un village du sud de l'Algérie. La guérilla urbaine avait fait beaucoup de morts des deux côtés et l'unité de Romain ne pouvait s'encombrer de blessés et de prisonniers. Pas de pitié. En face, on agissait de même. Son commando avait surpris dans leur sommeil un fellagha important et sa famille. Les renseignements stratégiques en sa possession pouvaient sauver la vie de dizaines de camarades, en leur évitant de tomber dans les chausse-trappes de l'ennemi. Il devait parler. Ils avaient déjà tous passé des hommes à la question et ils étaient prêts à subir eux-mêmes ce sort, sans broncher. C'était la règle du jeu. Mais, ce jour-là, la machine avait déraillé. Le lieutenant Romain menait l'opération. Le seul moyen imaginé pour soumettre l'homme avait été de menacer sa femme. Le mari se contentait de la fixer, et les yeux lui sortaient de la tête. Il ne disait rien. Romain avait commencé à compter, pistolet automatique sur la tempe de l'épouse. L'autre bluffait ; il allait craquer au dernier moment. Cinq, quatre… un homme ne peut pas regarder sa femme se faire buter, sans passer aux aveux… Trois… bon Dieu, pourquoi il se taisait ?… Deux… ses subordonnés le fixaient, impossible de reculer… Un… il avait tout fait pour éviter l'issue fatale et, dans sa dernière phrase, il avait presque supplié le mari de parler. L'autre n'ignorait pas qu'en se taisant il se condamnait. Mais, s'il se mettait à table, ses compagnons y passeraient tous, sans que cela ne sauve ni son épouse ni lui. Il savait. Romain comprit trop tard qu'il savait, mais, en bon militaire, devait tirer et il tirerait. Ils étaient coincés.

Ils se tenaient sur le seuil de la maisonnette baignée par le soleil et la femme se répandait en larmes, ses mains cachant son visage. Ses lamentations firent comme un petit hoquet lorsque la calotte crânienne fut projetée sur la façade toute blanche, avec des morceaux de cervelle. Le sang sur les graviers avait envoyé un reflet aveuglant dans les prunelles du jeune lieutenant. Le mari était devenu tout mou et s'était souillé. Ce n'était pas beau à voir. Le résistant bredouilla dans sa langue, pour lui-même. Un soldat traduisit : la femme était enceinte.

Ils se turent tous trois puis Paul alla farfouiller dans son armoire. Il en revint les bras chargés de trois verres à liqueur et d'un cognac, hors d'âge comme eux. Après avoir servi le remontant, mâchoires serrées, il dit que, selon lui, dans la vie, chacun porte un sac de pierres sur les épaules. Il appréciait l'inventaire de Romain et annonça qu'il allait suivre son exemple.

Lui, son problème, c'était sa fille. Avec sa femme, ils avaient eu deux enfants et avaient formé une famille semblable à celle dont rêvait Romain. Cependant, après quelques années d'une vie apparemment idyllique, leur fils s'était révélé être un effroyable conformiste, un petit con, il n'avait pas peur de le dire ; l'enfant de sa mère, quoi. Celle-ci, issue d'un bon milieu, c'est-à-dire d'un où la finance remplace avantageusement les valeurs morales et le qu'en-dira-t-on, avait couvé son rejeton et en avait fait ce qu'il était devenu. Bah ! Paul s'était résigné. Heureusement, sa fille, la huitième merveille du monde et tenant son père en grande admiration, devrait lui apporter toute satisfaction. Il était d'ailleurs exact qu'elle était devenue ingénieur agronome ou un truc analogue, et une femme superbe par-dessus le marché. Elle aurait pu être top-modèle, si elle l'avait souhaité, et lui, Paul, en affirmant cela, savait parfaitement ce qu'il disait puisqu'il avait été photographe de mode toute sa vie professionnelle durant. Enfin il s'égarait un peu, mais le vrai problème entre eux, il avait besoin de le confier à ses amis, c'était que, lorsque Betty avait seize ou dix-sept ans, sa meilleure copine, Clara, venait régulièrement à la maison. C'était une de ces jeunes femelles qui découvrent leur pouvoir de séduction et se croient obligées de le tester sur tout ce qui porte un pantalon. Elle avait imploré qu'il fît d'elle quelques clichés pour un press-book, alléguant de vagues prétentions au mannequinât. Il avait fini par céder, sans arrière-pensées, surtout pour faire plaisir à Betty et avait conduit la gamine dans son mini-studio, aménagé au sous-sol. La petite avait fait son cinéma. Se dévêtant progressivement, avec un air vicieux, il n'avait pas eu le temps de peaufiner la lumière qu'elle était déjà en train de se caresser sans complexes sous le regard surpris du zoom, et lui, merde, il était un homme et après avoir essayé de la raisonner, il avait laissé tomber la technique. Le malheur avait voulu que sa fille les surprenne, dans des positions équivoques ou plutôt sans équivoque, bref, Betty était restée hagarde, sur le seuil, puis était partie sans laisser d'adresse. Bien sûr, il avait un peu édulcoré l'incident, en le rapportant à sa femme. Ils avaient attendu un peu puis ils l'avaient cherchée, inquiets, avant de signaler sa disparition à la police, très alarmés. Au bout de plusieurs semaines, sans résultat et totalement désespérés, ils avaient alerté la presse, et enfin, à tout hasard, embauché un privé. En vain. De longs mois plus tard, la fille avait renoué avec sa mère et était devenue majeure entre-temps.

À présent, les deux femmes se voyaient à l'occasion et, par elle, il avait quelques nouvelles. Le seul message à son intention était qu'il était un cochon et qu'elle ne voulait jamais le revoir. Lui, il pensait sans cesse à elle, à la façon dont il pourrait renouer le contact, aux mots qu'il prononcerait. Le plus dur, c'était qu'il n'osait pas faire le premier pas, parce qu'il avait honte. Ouais, sa fille avait peut-être raison : il n'était qu'un gros vicelard. Il ignorait quelle version de l'histoire la petite avait donnée à sa femme, mais celle-ci l'avait quitté peu de temps après, en lui jetant à la face les mêmes mots. De la fille à la mère, le mal avait contaminé le reste de la famille, lorsque l'épouse s'était découvert une formidable vocation de victime ; une dépression des plus noires, qu'elle soignait depuis sans succès et à grand renfort de médicaments, avait rapproché le fils de la mère et éloigné un peu plus la fille du père. La boucle était bouclée ; il était le mouton noir officiel.

Pourtant, il était resté raisonnable. Bien sûr, il avait eu des maîtresses innombrables, mais sans jamais délaisser les siens. Beaucoup de ses confrères, eux, s'étaient lancés dans la photo de charme puis dans le porno, et tout ce qui va avec, et lui n'avait jamais voulu toucher à ça. Évidemment les occasions ne manquaient pas, dans sa branche. Un jour à Londres, le lendemain à Milan, Paris, New York ou Tokyo. L'ambiance frivole, la drogue, l'argent facile… Forcément, quand on côtoie les plus belles filles du monde et qu'on les shoote sous toutes les coutures, dans des tenues affriolantes, ce sont des choses qui peuvent arriver, si par chance on n'est pas trop vilain ! Presque un risque professionnel. Il n'en avait pas fait plus que n'importe quel bonhomme normal, quoi. Enfin, il ne savait plus trop, mais quand même, sa fille lui manquait. La vie est trop moche, elle vous arrache toujours ce à quoi vous tenez le plus. Après tout, il n'avait tué personne…

Romain blêmit à ces derniers mots et Paul se dit qu'il avait salement gaffé. Il ne fut pas le seul à avoir cette impression et d'ailleurs ce n'était pas qu'une impression. Les mots d'excuse qu'il bredouilla n'améliorèrent pas le climat et, à bout d'arguments, il remplit les verres d'alcool puis, comme un banni, alla s'asseoir sur le large lit aux draps bleu marine.

Arthur qui n'avait dit mot, en être hypersensible qu'il

était, ressentit intensément la gêne. Il reprit la conclusion de Paul, en lui donnant raison, enfin il parlait plus exactement de l'avant-dernière phrase, celle de la vie qui vous arrache les êtres chers. Il ajouta que son Adeline était partie et que, lui, la vie l'avait roulé à deux reprises. La première, parce qu'ils s'aimaient à la folie et que l'on ne peut pas séparer deux êtres qui partagent une passion aussi forte ; la deuxième, parce que sa femme avait triché en l'obligeant à vivre sans elle. Ce qu'elle n'avait pas compris, c'était qu'il aurait préféré mourir avec elle plutôt que continuer la route tout seul.

Tous trois méditèrent cette phrase qui était bien bel et bien solennelle, surtout à cette heure, à leur âge et avec deux verres de cognac dans le nez.

Il révéla ensuite que, enfant de l'Assistance Publique, il ne connaissait pas ses parents. Il avait rencontré son Adeline à un moment, eh bien, à un moment où… il ne voulait pas s'étendre là-dessus, mais ça ne tournait pas très bien pour lui. Sa vie, alors, ne valait pas bien cher. Et Elle, elle était devenue son mentor, sa diva, sa mère, son amie, sa confidente, sa sœur, son double, et même plus. C'était pour elle qu'il s'était battu, se débrouillant pour se cultiver et monter son affaire de librairie, et c'est ainsi qu'il avait fini par gagner la vie de sa femme et la sienne par surcroît. Et il avait gagné dans tous les sens du terme, et pas seulement de l'argent. La seule ombre au tableau, c'était qu'ils n'avaient jamais pu avoir d'enfant… encore à cause de lui. Mais ils avaient surmonté cette épreuve, préférant ne pas avoir recours à l'adoption. Ils avaient décidé que ce qu'ils laisseraient à la postérité, leur œuvre, leur création, ce serait leur Couple. Et Adeline l'avait tué, en partant toute seule, d'une étrange façon.

Sa voix hoqueta et les deux autres se regardèrent, gênés, mais Arthur tint à conclure, dans un sanglot étranglé, affirmant qu'un jour, il leur montrerait Sa lettre, la dernière, et qu'ils comprendraient. Il ajouta, en reniflant, que Paul avait tout de même une famille et que c'était une chance. Comme il se calmait un peu, ils reprirent tous un petit godet. Romain se l'envoya derrière la cravate, cul sec, et le reposa en le faisant claquer sur la table. Après quoi, il prit la parole et décréta que, d'une, on ne ferait pas revenir l'Adeline, non plus que la femme enceinte qu'il avait butée, mais que de deux, on n'était pas des pédés et qu'il ne fallait pas se lamenter sur le passé. Ce bel effort de synthèse fut coupé dans son élan par Arthur, redevenu totalement maître de lui, s'enquérant d'une voix un peu trop obséquieuse du contentieux entre Romain et les homosexuels. Celui-ci, ahuri, signifia que ce n'était pas le problème, merde. La discussion qui s'ensuivit fut un peu confuse mais il en ressortait, grosso modo, que les homophobes disent toujours cela et que la tolérance est une question de la plus haute importance. Le militaire, un instant décontenancé, fit cependant preuve de culture et même d'un certain sens de la répartie en observant que toutes les civilisations décadentes s'étaient montrées étonnamment tolérantes, au point que, pour lui, tolérance et décadence c'est blanc bonnet et bonnet blanc. Cette reprise en main l'ayant échauffé, il conclut son envolée lyrique en précisant sa pensée. Qu'on soit indulgent envers des mecs qui s'embrassent sur la bouche et se fourrent leur machin dans le trou du cul, lui n'y voyait aucun inconvénient, mais il ne savait pas que ces trucs-

79

là intéressaient Arthur. Un peu désarçonné par la virulence de la réplique, ce dernier se tourna vers Paul qui, tête dans les mains, accablé, marmonna qu'il n'avait rien contre les homosexuels, vu qu'ils sont les plus nombreux dans son milieu, mais que lui, personnellement, il préférait le corps des femmes. Les jeunes surtout, avec leurs peaux douces et leurs rondeurs naissantes et leurs parfums délicats et… Romain l'interrompit dans cette évocation visiblement douloureuse et tenta de les ramener à la raison en remarquant que, et d'une, si tout le monde devenait homo, l'avenir de l'humanité serait vite compromis, et que de deux, merde, jusqu'à preuve du contraire, c'est bien dans l'ordre des choses que les hommes et les femmes fassent l'amour et par voie de conséquence de beaux bébés. Hélas, Arthur marqua le point final en relevant, amer, que, du point de vue de la procréation, ils avaient bel et bien échoué tous les deux et que, au niveau purement technique, auraient-ils été homosexuels, le résultat aurait été le même.

Le silence qui s'ensuivit fut de bonne qualité et Romain, reprenant son discours initial, un rien chahuté, dit que, bon, ça ne servait à rien de remuer encore et encore le passé, mais qu'il y avait une chose qui était possible et, nom de Dieu de bordel à cul, c'est ce qu'ils feraient si les autres étaient d'accord. Ses deux copains le regardèrent et il fit durer le plaisir. Puis, pointant un index gros comme une saucisse de Morteau sur le cœur de Paul, il déclara que, sa gosse, ils allaient la lui ramener, et par la peau des fesses s'il le fallait. Paul passa une main tremblante dans sa belle crinière argentée et répondit, sans qu'on l'ait interrogé, qu'il ne savait pas.

Arthur, pas rancunier, décréta que Romain avait eu une fière idée et qu'il n'y avait pas à discuter. Regardant Romain, il demanda quel était le plan, confirmant ainsi, sans en être conscient, que la crise était passée et entérinant le nouvel organigramme du trio. Le chef avoua que le problème était d'importance et qu'il convenait d'y réfléchir sérieusement, la priorité étant à l'information et à l'analyse des forces en présence. Mais, en attendant, chacun à son poste et extinction des feux.

Le lendemain, ils parurent fort préoccupés les uns et les autres. Croisant Jeanne et Michèle, ils ne remarquèrent pas qu'elles chuchotaient et pouffaient sur leur passage. À l'heure de sa promenade, Romain soumit Paul à une rafale de questions brèves et précises, et ce dernier répondit du mieux qu'il put. Puis le trio infernal se retrouva à conspirer dans la chambrée de Romain, qui leur dévoila son plan. En militaire aguerri, il posa comme préambule qu'il fallait toujours profiter des configurations et des caractéristiques du terrain et, qu'à ce propos, ils disposaient d'une opportunité exceptionnelle, à savoir les quatre-vingts ans de Paul, le vendredi en huit. Coïncidence intéressante, il avait appris, de la bouche du père, que sa fille devait souffler ses quarante bougies neuf jours plus tard. Ceci constituait leur atout majeur. Mystérieux, il déclara ne pas vouloir en dire davantage pour l'instant, mais convoqua Arthur pour un briefing le soir même. L'intéressé rectifia la position et se déclara prêt et honoré.

Durant toute la semaine suivante, Paul eut l'impression qu'une conspiration se montait contre lui, car on s'interrompait à son approche et des rendez-vous secrets étaient organisés sans lui, même si tout cela n'était qu'un secret de polichinelle. Le vendredi arriva enfin et, dès le matin, de nombreux préparatifs occupèrent la plupart des êtres valides de la Résidence. La salle à manger fut enrubannée puis ornée de lampions et d'immenses accordéons en papier crépon de couleurs vives. En cuisine, sur le pied de guerre, on prépara un menu de premier choix. La seule consigne était de ne pas regarder à la dépense. La directrice s'était chargée elle-même de dénicher une bouteille digne de l'événement. Chacun et surtout chacune tenait à briller et l'anniversaire prit l'importance d'un bal princier dans une illustre cour européenne. Les plus beaux atours et les bijoux de valeur furent dépoussiérés pour l'occasion. Le maquillage de ces dames mobilisa toutes les auxiliaires disponibles, assez conscientes de l'enjeu de leur mission et de sa difficulté technique pour suspendre provisoirement leurs conversations. Après un repas de midi très léger, quoique animé, les résidents se montrèrent aussi excités que des préadolescents à la veille de leur première boum, et l'après-midi traîna en longueur. Vint enfin le soir. Julia, à présent familière de l'établissement, navigua entre les tables, s'asseyant à chacune un court instant, peu avare de sourires. Distribuant des tapes amicales aux uns et des œillades entendues aux autres, elle exhibait une fière poitrine. Celle-ci, mise en valeur par un bustier Grand Siècle en velours noir, paraissait avoir doublé de volume, ce résultat étant peut-être obtenu grâce à la complicité d'un soutien-gorge spécifique. Le jean ultra serré attirait inexorablement le regard vers la croupe, bien dessinée. Les femmes s'amusaient de ses tenues un peu excentriques, indulgentes comme on peut l'être avec une petite-fille fantasque, et les hommes... ma foi les hommes sont les hommes.

Paul fixa l'étiquette de la bouteille de bordeaux, abasourdi. Un Château Pétrus de vingt ans d'âge et d'une remarquable année qui plus est ! Les plus chanceux n'en boivent qu'une fois dans leur vie. Mis à part la directrice, il était le seul à en connaître le prix et la valeur. Il fit illico renvoyer les indignes verres à moutarde et ordonna d'une voix assurée que l'on trouve des calices plus en adéquation avec la qualité du nectar. D'immenses verres furent diligentés et il consentit à verser quelques gouttes du breuvage à ses deux proches amis, leur faisant moult recommandations quant à la meilleure façon de le boire. Puis les plats arrivèrent et l'on se régala de langoustes, chevreuil et autres victuailles fines et inhabituelles.

Entre la poire et le fromage, la musique douce, judicieusement choisie, égrena des valses faciles et les résidents, correctement aiguillonnés, se retrouvèrent assez vite au centre de la piste. Les bras usés se firent anses, et de galants compliments, gentiment tournés, permirent à chacun d'entraîner sa chacune. Les auxiliaires, exceptionnellement discrètes, se contentaient de faire délicatement tournoyer les mamies restées seules pour cause de défaut de parité. La lumière s'éteignit et un « joyeux anniversaire » entraînant, très rock'n roll pour une maison de retraite, jaillit des haut-parleurs de l'installation stéréo. Le gâteau se décida à paraître, dans le respect des traditions. Le nombre des bougies parut illuminer l'ambiance et le chocolat souffrit considérablement sur le court chemin de la cuisine à la salle, mais le sportif octogénaire eut raison du brasier en deux, trois expirations, déclenchant des hourras enthousiastes. Lorsque l'électricité fut revenue, miss Perls en personne s'approcha de Paul, poussant solennellement un chariot débordant de paquets hétéroclites. Elle était très élégamment vêtue d'un tailleur prune, apparemment sans rien dessous, l'entrebâillement de la veste dévoilant de splendides clavicules. Après s'être raclé la gorge, elle prononça quelques mots plutôt simples mais avec une émotion réelle, ce qui ne manqua pas de surprendre les plus anciens employés du Château. Sollicité, Paul dut s'exécuter :

— Chers amis et vous tous, Madame la Directrice…

Le public, acquis, tapait déjà des mains.

— Voilà bientôt dix ans que je suis parmi vous. Même si certains ne sont plus là, hélas, nous formons une grande famille… Ce n'est pas très original de dire cela, mais, voyez-vous, comme dans une famille, nous ne nous sommes pas choisis ; comme dans une famille, il y a entre nous des amitiés et des antipathies ; comme dans une famille, chacun est différent. Et nous vivons ici parce que nous n'avons plus de place dans notre famille d'origine… Alors je vous le dis, à tous, mieux que ma famille, vous êtes mes amis et j'espère que nous resterons ensemble le plus longtemps possible…

La suite s'étrangla un peu dans sa gorge et l'auditoire, compatissant et ému, applaudit à tout rompre, abrégeant ainsi la souffrance de l'homme. Un tumulte enflant, parti du coin de ses deux complices, scanda :

— Les-ca-deaux les-ca-deaux les-ca-deaux…

Le dépaquetage commença. L'émotion, le scotch et le Pomerol ne facilitèrent pas la tâche du vieillard. Discrètement secouru par Josiane, la plus douce des auxiliaires de vie, il vint tout de même à bout des rubans et papiers rétifs, parvenant ainsi à extraire de leurs emballages de multiples objets, décoratifs et inutiles, utiles et inesthétiques, voir inutiles et franchement hideux. Des cadeaux, quoi. Un jeu de cinquante-quatre cartes thématiques sur les œuvres des premiers maîtres de la photographie, un poisson exotique en porcelaine dont le flanc ouvert logeait une ampoule de quarante watts, un porte-clé en argent massif, un livre sur les joies de la retraite, un diplôme de bon camarade, une chemise hawaïenne, un masque de plongée... Paul montra beaucoup de surprise, d'émotion et exprima à chacun sa gratitude de la manière qui convenait. Il parut apprécier tout particulièrement un verre de quatre-vingts centilitres destiné à la dégustation du vin. Le dernier colis recelait des bouchons spéciaux, permettant à une bouteille entamée de ne point s'oxyder. Il comprit immédiatement que l'ustensile lui permettrait de boire dorénavant du bon médoc, servi chambré et avec une qualité gustative parfaite jusqu'à la dernière goutte. Il expliqua à Josiane pourquoi et comment cet accessoire ne manquerait pas d'améliorer son quotidien et elle en fut d'autant plus ravie que c'était elle qui l'avait acheté, sur les conseils avisés de son mari, œnologue amateur.

Julia vint le saisir par une main et insista pour qu'il lui fasse danser une valse. Il s'exécuta de bonne grâce. Le morceau suivant était un slow et il retint la jeune femme, qui s'échappait déjà, l'attirant contre son poitrail. Elle lui concéda cette faveur et Paul sentit rapidement la chaleur du corps palpitant et les délicieuses rondeurs de sa partenaire lui brûler l'estomac. Ses mains glissèrent tout doucement sur les hanches et l'étudiante se tortilla un peu. Que se passait-il dans la tête de la demoiselle ? Peut-être était-elle comprise dans les cadeaux ? C'est en tout cas ce que crut comprendre le vieux dragueur, lorsqu'elle se lova contre lui, le laissant, dans la pénombre, malaxer son très joli et très ferme postérieur.

Plus tard, bien plus tard, dans la chambrée du militaire, les trois compères se retrouvèrent. La réunion fut brève ; martiale presque. Arthur, son tendre regard de myope dépourvu de binocles, s'approcha à pas menus et mit entre les mains de Paul un colis de faibles dimensions. Au nom de Romain et de lui-même. Ils avaient dû casser leurs tirelires et solliciter des complicités internes pour lui offrir un tel bijou. Le caméscope pouvait être dissimulé au creux d'une seule main, tant il était miniaturisé. L'ex-photographe contemplait l'engin. Se demandait-il l'usage qu'il allait en faire, les raisons d'une telle générosité ou était-il simplement désarçonné par un geste aussi inattendu qu'important ? L'ex-lieutenant confia à sieur Paul que le cadeau comportait une intention cachée. Lui-même et son acolyte, après avoir longuement réfléchi, avaient conclu que la dénommée Betty attendait probablement un signe de son père. Le double anniversaire était une coïncidence qui, si elle se reproduisait chaque année, n'en était pas moins favorable aux rapprochements. Surtout avec des chiffres ronds tels quarante et quatre-vingt. Et multiples, de surcroît. Bref, un message de lui serait la meilleure stratégie. Par

ailleurs, deux points avaient retenu leur attention. Un :
pour dire quoi ? Deux : comment le dire ?

Le premier point étant délicat et personnel, ils avaient
décidé de laisser Paul se démerder avec, vu que c'était
quand même son problème et qu'il fallait bien, sauf son
respect, qu'il se retire un peu les doigts du cul pour faire
avancer les choses. En ce qui concernait le deuxième
point, le téléphone avait été écarté d'un commun accord, pouvant générer des réactions émotionnelles et
intempestives aux conséquences parfois irréversibles.
La première sonde se devait d'être une réussite. La lettre tenait les faveurs d'Arthur, qui connaissait par expérience l'impact d'un écrit bien tourné, mais Romain
n'avait pas lâché l'affaire. L'image provoquerait un choc
salutaire à la donzelle. Que son père, vieilli, la regarde
dans les yeux et lui dise sa façon de penser, sans qu'elle
puisse lui répondre ou lui couper la parole, était ce qui
s'imposait. Un film était ce qui se rapprocherait le plus
d'une situation normale ; quand un père parle, la fille
doit écouter. Aux tergiversations d'Arthur, Romain
avait opposé des arguments imparables :

— Un film, un film… mais nous n'y connaissons
rien !

— Tu oublies que Paul était un expert de l'image.

— Mais avec quel appareil, nous n'avons pas de…

— Nous en achèterons un.

— Et qui filmera ?

— Nous ! Je ne sais pas toi, mais, moi, je ne suis pas
encore complètement gâteux.

— Euh et comment acheter, c'est dans dix jours
et…

— Ah, ah ! avait répondu le lieutenant en réfléchissant très vite.

Il avait mis de côté un peu d'argent toute sa vie durant, et ceci n'était pas un problème. Maintenant, se procurer un engin de cette nature et dans les environs était une gageure. Sans compter que, pour lui, rejoindre le bassin représentait une expédition périlleuse, donc atteindre le magasin le plus proche… Il y avait effectivement un os.

— Achat par correspondance. Téléphone ou leur Internet, là ; pour une fois que les gamines peuvent se rendre utiles.

Ça lui avait cloué le bec à Arthur que le vieux militaire connaisse ce truc d'Internet ! Paul, à son tour, se montra impressionné par leur ingéniosité et fut touché par le mal qu'ils se donnaient à la seule fin qu'il puisse revoir sa fille. Son regard allait alternativement d'eux à l'engin, resté au creux de sa main. Bien sûr, il devrait d'abord apprivoiser cette mécanique qui ressemblait autant aux appareils qu'il avait utilisés que Julia à son ex-femme. Mais il n'était pas inquiet ; il saurait. Et puis, qu'avait-il à perdre ? Du temps ? Il en avait à revendre. Il ne lui restait même plus que ça.

Dans la salle à manger désertée par les résidents, le personnel s'activait à nettoyer et remettre en ordre. Julia, peu concernée, participa symboliquement puis annonça son intention de rentrer, demandant à la cantonade si quelqu'un pouvait la raccompagner. Mario se proposa, un peu trop spontanément. Malheureusement pour lui, miss Perls s'approchait dans son dos. La réaction ne se fit pas attendre. Main sur les hanches, elle attendit que sa directoriale présence produise son effet. C'est sans doute à ce genre de comportement qu'elle devait le surnom de Perl Harbour, chuchoté parfois avec quelque effroi sacrilège par ses employées.

— Votre dévouement vous perdra, mon brave, grinça-t-elle.

L'homme réussit à refermer la bouche, après quelques instants, puis il décampa prestement. Pas assez pourtant pour ne pas subir une dernière banderille :

— C'est ça, vous avez la sonorisation à ranger !

Souriant de toutes ses dents à la sociologue en herbe, horriblement gênée, la harpie lui prit familièrement le bras et entreprit de la rassurer. C'est ainsi arraisonnée qu'elle la conduisit jusque dans l'entrée. Dans l'étroit réduit aménagé pour le standard et la réception, Charles-Henri, fils préféré et unique du président de l'association, baillait en étirant ses bras malingres. Pendant que sa patronne s'adressait à lui, il détailla sans vergogne la proie qu'elle tenait en ses serres. Son examen s'arrêta sur la zone pectorale de l'intéressée et son regard devint si expressif qu'on pouvait l'entendre s'exclamer en sifflant : chouettes nibards !

Il comprit tout de suite que la Perls lui demandait comme un service personnel d'escorter la donzelle jusqu'à son domicile. Un renard auquel on proposerait de passer la nuit dans un poulailler n'aurait pas été plus éberlué. Il accepta prudemment, méfiant par nature, et parce qu'il n'avait pas besoin d'avoir fait polytechnique pour savoir que la directrice n'était pas du genre à encourager le vice chez ses employés. Mais le fils à papa, par ailleurs veilleur de nuit, et la jeune doctorante à la gorge offerte étaient déjà seuls avec leur silence.

Grâce à ses longs fémurs, miss Perls fut rapidement de retour dans le réfectoire. Son amant s'y trouvait, enroulant tristement un câble autour de son avant-bras. Il avait délaissé l'élégant costume gris clair arboré pour cette exceptionnelle soirée, et dans lequel il paraissait engoncé, et avait revêtu son usuel bleu de travail, vert en l'occurrence, qui lui moulait si bien le torse. La fermeture éclair était toujours suffisamment entrouverte pour que la médaille de la Madone, noyée dans les poils abondants et frisottés, jette de temps à autre un reflet argenté à la gent féminine. Sa maîtresse décida de ne pas se laisser émouvoir et intima au jardinier transalpin de la suivre. Ce dernier, docile, s'exécuta. Elle le précéda et s'installa dans sa jolie voiture anglaise, puis ouvrit la portière passager sans mot dire. L'autre monta dans la luxueuse auto et les soupapes ronflèrent souplement. Quelques kilomètres s'effilochèrent, traînant derrière eux des franges de discorde et de ruminations.

— Cette fille, elle t'intéresse donc tant que ça ?

Pour toute réponse, en homme qui sait sur quel terrain il joue, Mario se contenta de poser sa mâle main sur la rotule de Claudia, comme il l'appelait parfois, qui décida pourtant d'ignorer le léger frisson remontant le long de sa colonne vertébrale pour continuer son monologue :

— C'est très bien qu'il n'y ait rien de sentimental entre nous. Chacun sa vie, c'est le contrat ; en plus tu as ta famille. Mais je n'ai pas à être humiliée devant, en présence de… du…. Aaah…

Les bas gris fumés crissaient sous la caresse galopante et les maigres cuisses s'écartèrent imperceptiblement, en dépit des ordres dispersés émanant du cerveau. La voix roucoulante transforma l'essai :

— Ma tou as raison, tou sais.

Gorge sèche, haletante, la conductrice se rangea in extremis sur le bas-côté pour pousser plus avant cette franche et saine explication. Elle était décidée à résister et, pour cela, elle devait d'abord enlever ces mains qui… enfin ces mains-là. Elle n'avait donc pas la tête à scruter les voitures. Lui, savait que l'emprise qu'il possédait sur elle était purement charnelle et la résistance qu'elle montrait ce soir le préoccupait. C'est pourquoi ni l'un ni l'autre ne virent passer le bolide de Charles-Henri, déjà de retour de mission.

Une fois sur place, le veilleur effectua sa ronde dans les étages, pensif. Le vibreur de son téléphone, dans sa poche, le fit sursauter. La mine sombre, il ne laissa aucune chance à son interlocuteur. Celui-ci, qui tentait de l'inviter à une nouvelle petite sauterie improvisée, sentit vite l'inutilité de la démarche et raccrocha sans insister. Achevant son inspection, le fils du président s'installa dans la salle à manger et alluma le minuscule poste de télévision. Délaissant les sports, il zappa et finit par tomber sur une scène assez chaude. Il y avait beaucoup de monde à l'écran et l'on s'agitait de façon assez complexe. La raideur de son membre indiquait qu'il avait compris l'idée générale du scénario et il extirpa l'engin de son étroit logement.

À l'étage, une silhouette en chemise de nuit glissait silencieusement sur la moquette du premier étage, s'approchant d'une chambre qui n'était pas la sienne. Elle gratta à la porte, rassurée, après y avoir accolé l'oreille. N'obtenant pas de réponse, elle se décida à toquer furtivement. Le grognement ensommeillé et interrogatif de Paul lui parvint et, avec un sourire embarrassé, Michèle entra. La lune baignait doucement la scène. Ils ne s'étaient jamais vus ainsi tous deux. L'homme lui parut très beau, sa tignasse blanche étalée sur les draps de couleur, et quelque chose dans sa vieille carcasse vibra. Elle s'exprima comme une petite fille qui a peur toute seule dans le noir :

— Je voudrais dormir avec toi…

— Mais pourquoi ? répondit-il bêtement.

— Je pensais que tu avais peut-être envie de compagnie… J'ai froid… très froid. Et je me sens seule.

Paul, touché, ne réussit pas à lui éviter une vague de tristesse, lorsqu'il déclina la proposition le plus poliment qu'il put. Comment lui expliquer que la mettre dans son lit équivaudrait à faire l'amour avec sa grand-mère ? Les filles de vingt ans étaient son seul stimulant. Cela avait été normal, étant jeune ; puis, l'âge venant, c'était devenu un caprice, une bizarrerie jusqu'à constituer une pratique sexuelle déviante qui lui avait coûté sa fille, sa femme et, plus grave, l'estime de lui-même. Maintenant, il se jugeait pervers et dépravé, mais allez lutter contre vos pulsions !

Michèle partie, il se retourna plusieurs fois à la recherche de ses fantasmes préférés et entreprit de se caresser. Il lui fallut beaucoup de temps et d'imagination pour parvenir à ses fins et lorsqu'un mince filet de semence coula finalement entre ses doigts, il gémit doucement ; il était fort tard.

Charles-Henri, qui à l'étage en dessous en faisait autant, explosa au même instant, avec toutefois davantage de vigueur, seule différence entre leurs générations.

La terre entière, émergeant de sa torpeur hivernale, semblait appeler tous les animaux, les quadrupèdes, les bipèdes et certains autres, sans pattes, à prouver qu'une fois de plus la froidure et la mort n'auraient pas le dernier mot. Le printemps était enfin arrivé et la perpétuation de l'espèce nécessitait que les individus des deux sexes y mettent du leur. Délaissant les récoltes de noisettes, les cabanes de jardinier et les cuisinières, Nono s'activait à des tâches plus urgentes. Une femelle, ma foi assez avenante, avait investi le parc de la Résidence, peut-être attirée par ses mâles hormones, et s'était aventurée jusqu'à l'imposant chêne, évitant à Nono de partir lui-même en chasse. À présent, tous rituels de cour achevés, l'animal, la queue plus en panache que jamais, consommait vigoureusement sa conquête.

Un peu plus haut dans la chaîne évolutive, la même frénésie opérait. Les tôles vertes de l'abri de jardin étaient violemment secouées par les coups de boutoir de Mario, le beau ténébreux qui, présentement et au mépris de l'organigramme de l'établissement, écrasait sa supérieure hiérarchique de tout le poids de son corps musculeux. Les gémissements de celle-ci étaient astucieusement masqués par un enregistrement, inimitable voix rauque et sucrée d'un chanteur de variété italien chantant comme seuls les Italiens le font quand ils savent qu'ils auront de l'amour et du vin. La cassette à l'origine de la ruse émettait aussi des bruitages d'outils divers et variés (scie, marteau, etc.), prouvant ainsi la préméditation de toute l'affaire.

Cette sève nouvelle n'annihilant point les différences de caractère, à peu près à la même période, Jeanne, assise sur le vieux banc de pierre tout là-bas dans le fond du parc où les sapins formaient une sorte de clairière, parlait d'amour. De l'amour en général ; de celui qui rime avec beaux jours et avec toujours. Bien sûr, à son âge, ce toujours n'était pas le même que celui de l'adolescente qu'elle avait été, à l'aube de sa vie. Mais c'était quand même un toujours. Perdu dans une logique complexe, Arthur affirma que toujours, pour lui, c'était du passé, et une larme roula sur sa joue parcheminée. Elle l'essuya, tout en lui expliquant que les choses sont souvent plus simples qu'elles n'y paraissent, et leurs têtes chenues se rapprochèrent. Leurs lunettes s'entrechoquèrent puis leurs lèvres fanées se rencontrèrent. Le soleil sur leurs peaux flétries et ce baiser furtif. Que c'était bon. Il avait presque oublié. Et ce court instant eut un goût de toujours.

Une autre après-midi, c'était un dimanche, Romain et Michèle se retrouvèrent dans la chambre de madame, sans que les responsabilités soient clairement établies. Ils n'étaient pas exactement des romantiques et la vie les avait usés tels des galets tout ronds. Ils avaient appris à la connaître, la vie, et à lui faire face, à ne pas en avoir peur. Aussi, l'amour ne nécessitait pas pour eux d'éternels engagements et de nobles sentiments. Oui c'était un dimanche, oui les familles avaient investi la Résidence, et oui ils s'en foutaient. Michèle n'avait pas de visite, les copains de Romain étaient déjà repartis, discrètement, et nom de Dieu de nom de Dieu, s'ils avaient envie de forniquer comme des bêtes, personne ne pourrait les en empêcher. Faire l'amour, c'était juste faire l'amour. Voire baiser. Ah, çà, ils ne ménageaient pas leur peine, les bougres. Déjà trop d'années que cela ne leur était pas arrivé et ils avaient du temps à rattraper. Ils se démenaient comme si c'était la dernière fois. Qui sait… Chacun des deux essayait de surprendre l'autre et, ensemble, ils prouvaient que l'expérience peut parfaitement contrebalancer des forces déclinantes. Le bruit qu'ils faisaient, soufflant, s'agitant, gémissant et s'invectivant, emplissait tout le couloir du premier, fort heureusement vide à cette heure. À la pause, ils se désaltérèrent, le drap blanc monogrammé remonté sur leurs peaux plissées comme des manteaux trop amples. Le seul commentaire, sobre et éloquent, fut :

— Ben toi, ma vieille !

Tout était dit. Après quoi, le second round commença.

Était-ce le même jour ou la même semaine ? Il était fort tard et Charles-Henri était morose. Ses copains semblaient le tenir à l'écart et, de toute façon, il n'avait plus goût à leurs folles expéditions. Julia, elle, avait récupéré un scooter qui la rendait libre de ses allées et venues. Il fallait la voir, les jupes claquant au vent, le nez fièrement pointé, toujours nu-tête. Ce jour-là, ne se décidant pas à partir, elle alla trouver le veilleur prétextant une faim soudaine. Le jeune homme se leva sans mot dire. Elle le suivit et frissonna quand ils descendirent l'ample escalier de pierre qui menait au sous-sol. Ses seins pointaient agressivement, lorsqu'il lui proposa une tranche de jambon cru, et il remarqua immédiatement ce détail. Le regard posé impudiquement sur elle la troubla et elle baissa les yeux. Ce qui, pour lui, signifiait « oui ». Aussi, s'approchant, il lui releva le menton et appliqua ses lèvres sur celles de la fille. Leurs langues se mêlèrent, timidement d'abord puis goulûment. L'homme grogna et flatta le sein gauche car il était droitier. Il en avait vraiment envie…

Julia lutta pour arrêter la main audacieuse, soufflant :

— Pas maintenant, s'il te plait.

Ce qui était une promesse, en quelque sorte.

Il ne faudrait pas croire pour autant que la Résidence était devenue un lieu de stupre et de débauche. Non ; des esseulés ruminaient leurs pensées, rendues encore plus sombres par la vitalité des autres et le renouveau de la nature. Léonie et Paul, par exemple, assis ce matin-là dans le réfectoire sur les banquettes de moleskine, de part et d'autre d'un beau et inutile damier de bois, s'ignoraient amicalement. De temps à autre, l'un des deux hochait la tête ou soupirait sans qu'on sache si le cours de la rêverie de l'autre en était influencé.

Les cogitations de Léonie avaient pour cible la petite stagiaire, enfin l'étudiante, la gamine là, qui faisait sa mijaurée parce que ses parents avaient les moyens de lui payer des études. Avec les doudounes à l'air. Est-ce qu'elle, Léonie, elle sortait ses nénés ? Pourtant, elle avait ce qu'il fallait, des vrais seins de femme, mais ça ne se fait pas de se montrer comme ça, là. Depuis que cette gosse avait mis les pieds au Château, tout allait mal. Les résidents, ils ne la voyaient plus. Ils ne remarquaient même pas ce qu'ils mangeaient. Elle avait pourtant tenté l'impossible, sans succès. Elle s'était décarcassée, mon vieux, pour dénicher les bons produits, n'hésitant pas à sacrifier des pauses. Elle avait soigné la décoration, sculptant des paniers de fruits, mettant un brin de ciboulette par là, utilisant la poche à douille pour réaliser des jolis motifs. Ses assiettes, certains jours, c'était de véritables œuvres d'art, tiens. Les travers de porc à la créole, il n'y avait pas beaucoup de cuisiniers à savoir les préparer comme elle. Et sa salade corsaire, rien que pour trouver le crabe… sans parler du blanc-manger au shrubb ; elle leur aurait donné des yaourts nature, ça aurait été pareil ! Elle en avait le cœur gros, tiens… Et qu'est-ce qu'elle devenait, elle, dans tout ça ? Pauvre Léonie. Son chez-elle, ce n'était qu'un meublé sans âme et pas une vraie maison. Comme avant. Avec des êtres chers, un gentil mari honnête et travailleur, des enfants, des beaux enfants pleins de vie, et des meubles que l'on a choisis, et des repas avec tout le monde autour d'une joyeuse table sur laquelle, elle, Léonie, posait des plats appétissants mitonnés pendant des heures. Qui se souciait de tout l'amour qu'elle avait à donner ? Même les bêtes ne s'intéressaient plus à elle. Il n'y avait que ce pauvre Monsieur Paul pour lui tenir compagnie.

Ce pauvre Monsieur Paul ruminait des pensées assez proches. Il ne comptait pour personne. Après avoir eu pour maîtresses, certes fugitivement, des femmes parmi les plus belles de la planète, il se retrouvait seul. Même sa famille ne voulait plus entendre parler de lui. Sa femme, enfin son ex-femme, avait désormais cessé de venir. Tout comme son fils, évidemment. Ils ne lui manquaient pas. Il avait juste été un peu surpris, les premiers dimanches, ne sachant que faire de son temps. Et puis, il s'était rendu compte que c'était mieux ainsi. Romain, Arthur et les autres, tous les autres, ces dernières semaines, avaient leurs histoires de cœur. Enfin de cœur ou de sexe, il s'en foutait. Tant mieux pour eux. Mais bon sang, il avait pris un coup de vieux ? Il était devenu pestiféré ou quoi !?… Seul, il était seul et, quoi qu'il fasse, il n'y avait plus le moindre gramme de séduction en lui. À quoi servaient ses jeans, ses pull-overs de marque, ses crèmes de jour et sa gymnastique ? Il n'était qu'un pantin, un phénomène de foire, pire un vieux beau ridicule. Heureusement qu'il y avait Léonie. Elle n'avait pas la taille mannequin, loin de là, et elle était trop âgée pour lui, mais elle restait malgré tout appétissante. Seulement, depuis le soir où ils s'étaient saoulés comme des cochons pour finir par s'embrasser un peu, ce n'était plus possible. Il ne se souvenait pas très bien ce qui s'était passé au juste, si ce n'est l'étrangeté de la sensation… Un bateau ; c'est l'impression qu'il gardait du contact avec le corps de cette femme. Une langue au goût de vanille et de chocolat. Étrange. Ils n'avaient jamais reparlé de cet épisode, tous les deux. Simplement, ils étaient devenus amis… Elle était là, à portée de main, inaccessible. Comme toutes celles qu'il avait désirées et avait dû se contenter de convoiter derrière son objectif, faisant de ce désir frustré un atout professionnel en rendant ces filles encore plus belles et plus inaccessibles pour des milliers de lecteurs.

Saleté de Julia. Une méchante idée se frayait un chemin jusqu'au cerveau de Léonie qui, pour être bonne fille, n'allait quand même pas se laisser dérober deux fois sa famille, ses êtres chers, par la vie. La Perls aussi allait payer. Il ne faudrait oublier personne.

Saleté de Julia. Elle était partante pendant la fête, pourtant. Et après, les jours suivants, elle l'avait évité ostensiblement. Encore une petite salope, une allumeuse comme cette Clara. Un pas en avant et deux en arrière. Toutes les mêmes ! Et lui, une fois de plus, se retrouvait seul et ridicule. Et pourquoi pas Léonie ? Zoom avant. Sa main dodue qui jouait avec un pion noir. Vingt centimètres, pas plus. Un monde. Peut-être s'ils buvaient un peu…

— Un ti'punch, Monsieur Paul ?

— Oui, ça nous fera du bien.

Quelques confidences plus tard, leurs têtes s'étaient rapprochées et ils chuchotaient.

— Cette femme-là, elle a toute la méchanceté du monde dans son cœur.

— Et oui, c'est comme ça qu'elle est devenue directrice !

Ils rirent.

— Mais c'est pas comme ça qu'elle va le rester.

— Elle n'est pas mauvaise, dans le fond.

— Taratata ! Si tu m'aides à arracher cette mauvaise herbe, je te file un petit coup de pouce.

— Ah, et quel genre ?

— La fille, là...

— Laquelle ?... Julia ?

— Si elle tombait en amour pour toi, ça te plairait, hein ?

— Bof, je suis trop vieux.

— Tut, tut, pas d'histoires, je t'ai vu avec elle.

— Admettons. Que dois-je faire ?

— C'est simple...

La question des pratiques religieuses avait été reportée à une date ultérieure, l'actualité poussant à s'intéresser plutôt à la sexualité, sans précipitation mais de façon approfondie. Les orateurs toutefois restèrent grosso modo les mêmes, tant il est vrai que, faisant partie de l'aréopage des illustres et rares spécialistes du troisième âge, ils pouvaient intervenir à peu près sur n'importe quel thème et avec le même brio. C'est du moins ce que pensait miss Perls qui soutenait cette version de l'affaire en introduction de la très recommandable Journée d'Études Transversales. Ce cercle très fermé fonctionnait un peu sur le modèle des salons du dix-neuvième siècle. Les initiales de ces rencontres (s'agissait-il d'un lapsus ou d'un clin d'œil ?) indiquaient la volonté des membres organisateurs de composer l'élite d'un secteur d'avenir : les personnes âgées valides.

L'assemblée était à présent réunie dans une pièce assez vaste, dans l'aile gauche, au deuxième étage du Château. Le décor de boiseries et les tentures rouge sang évoquaient davantage un théâtre qu'une salle de conférences. Monsieur Beyssac, président de l'association gérant cette noble institution, avait prononcé le traditionnel discours d'ouverture dont le seul mérite avait été d'être court. Après quelques applaudissements mesurés, comme on salue une jolie balle sur un court de tennis, il était retourné à sa place, avait croisé ses deux courtes jambes ressemblant à des jambons de belle qualité et se demandait à présent, sa tâche de représentation correctement accomplie, à quel moment stratégique et sous quel prétexte il lui serait décemment possible de s'éclipser.

Il y avait du monde, et du beau monde. Le public était composé de cadres d'établissements similaires à la Résidence, d'intellectuels de province, puisqu'il paraît que cela existe, d'administratifs et de fonctionnaires disponibles, ces journées se tenant en semaine et se terminant à seize heures ; on trouvait encore des étudiants en quête de modèles professionnels et enfin, des notables curieux et retraités.

La directrice, sobrement vêtue d'un tailleur noir et d'un chemisier blanc à large col, les cervicales magnifiquement mises en valeur par un somptueux collier de perles, demanda à Jean-Claude Vilmard, célèbre psychanalyste parisien et star des médias, d'ouvrir le bal.

L'homme s'appuyait sur une canne sculptée et avait la réputation de toujours s'exprimer avec flegme. Après avoir claudiqué sans ostentation jusqu'au pupitre, il s'interrogea mornement :

— Serais-je ici un parlêtre ?

Sa question, brutale mais essentielle, resta étonnamment sans réponse. Aussi, se permit-il, après quelques secondes de silence, de poser la formule axiomatique :

grand S barré, poinçon de petit a. Personne ne contestant une telle évidence, il poursuivit, semant rapidement ses jalons. Son phrasé, aussi clair que le permettait la complexité du thème de la journée, pointa notamment l'échec de la métaphore paternelle du sujet désirant, confronté à la révélation tardive de la scène primitive et l'inévitable forclusion du nom du père et donc celle, au carré, de celui du père du père qui se trouve habituellement être le grand-père.

À ce stade, et parvenu à un tournant décisif, il énonça, à la stupeur générale, qu'entre la mort et la vie il n'y avait pas de rapport, fut-il sexuel. L'auditoire, désormais captivé, accusa le coup lorsque monsieur Vilmard aborda le problème du « grand â-je », démontrant ainsi sans conteste que l'image spéculaire du vieillard nous renvoie à notre propre absence. Il s'autorisa ensuite, et de lui-même, comme tout bon psychanalyste, à illustrer son propos avec deux contes apparemment enfantins, comme quoi il faut se méfier des apparences. Il fit rendre gorge au sens commun, car force était de reconnaître que c'était bien la grand-mère du Petit Chaperon Rouge qui avait inspiré un désir dévorant au loup, véritable victime. Blanche Neige, quant à elle, et ce dès le stade du miroir, avait infligé à sa ravissante belle-mère une castration qui, pour symbolique, n'en était pas moins cruelle et définitive. Et qui était ce miroir, renvoyant pour toute image une sorte de ramage structuré narrant le plumage, bref un lalangage, si ce n'était l'inconscient, c'est-à-dire l'Autre ? Ladite jeune fille, dont le nom signait la frigidité patente, s'en alla voir ailleurs si elle y était, et bien lui en prit car elle s'y trouva ! C'est le destin du sujet, conclut-il, et, joignant le geste à la parole, il s'en alla pareillement voir ailleurs s'il y était, abandonnant l'assemblée à la jungle des signifiants et des signifiés. Chacun avait maintenant compris que des vérités complexes se cachent souvent derrière des mots simples.

Miss Perls se résolut enfin à déplier sa longue carcasse et, ne voyant pas ce qu'il y avait à ajouter à l'enseignement de Jean-Claude, révélant ainsi une proximité fort convoitée, passa le micro à madame Gilmaud, assurant la sociologue de sa totale confiance pour relever le défi qui consistait à succéder à un intervenant aussi brillant.

Présidente de l'UER de sciences humaines de l'université régionale, elle était la seule conférencière à ne pas résider à Paris, encore qu'il lui arriva d'y être invitée pour des causeries. Ses articles et plus encore les rares ouvrages qu'elle avait commis avaient été remarqués. Par quelques spécialistes s'entend, le grand public ayant tendance à préférer la littérature de gare à ce genre de bouquins. C'était probablement elle qui avait demandé à Beyssac de faire admettre Julia Dancourt au Château, la thésarde étant son élève. Elle ressemblait à une ménagère de plus de cinquante ans, accoutrée en mamie normale.

Elle monta sur l'estrade avec son sac à main et sa jolie mise en plis. Après avoir souri gentiment, elle parla du tabou de la mort dans nos sociétés puis s'en prit, avec quelque amertume, à la publicité. Le corps des femmes parfaites, ces beautés sculpturales qui étaient devenues l'incarnation du désir et une référence pour tout un chacun et surtout tout un chacune, attirèrent son mécontentement. On devinait, sous l'émotion contenue, les préjudices personnels que ces top-modèles avaient pu lui occasionner. Bien sûr, la société de compétitivité, le conflit des générations et les valeurs en déliquescence furent des concepts mollement évoqués, mais elle n'apportait rien de nouveau. Son discours sans âme sentait l'improvisation et l'adaptation approximative de dadas conceptuels dépassés. Elle n'aurait pas eu une importance régionale stratégique, jamais elle n'eut été invitée. Il n'était pas sûr qu'elle le soit à l'avenir, se disait miss Perls en l'écoutant.

Le monologue achevé, la directrice introduisit l'orateur suivant sans commentaire sur la prestation, ce qui ne manquait pas d'être un désaveu explicite.

Le docteur Louis Pontet, Québécois jovial et aussi chauve que le derrière d'un orang-outan, était une personne d'un âge, comme on dit pudiquement, sans préciser lequel. Il prit le temps de regarder un à un tous les membres de la docte assemblée, avant de prendre la parole :

— La plupart des quidams interrogés sur la question de la sexualité des êtres vieillissants considèrent que la difficulté majeure est la baisse de la libido. Dans cette perspective, le Viagra serait alors le produit miracle. Bien sûr, les quadras et quinquagénaires en quête de performances se verraient bien transformés en Supermen par la vertu de ces petites pilules bleues. Oui, la libido diminue sensiblement au fur et à mesure de l'avancée en âge, et re-oui, le désir peut être un peu stimulé chimiquement. Mais non, ce n'est pas une solution, car le problème est moins ce qui manque de libido, que ce qu'il en reste, en institution tout du moins. Je vais essayer de le démontrer.

Après avoir scruté son auditoire, il parut satisfait de l'attention qui lui était accordée et poursuivit :

— Contrairement à une idée reçue, le sexe n'a pas d'âge ; ce sport n'est pas nécessairement extrême et il est possible de le pratiquer jusqu'à la fin de la vie, si la santé le permet. Les dernières enquêtes donnent une fréquence de rapports sexuels chez nos aînés qui oscille entre un par quinzaine à un par semaine. Certains couples de jeunes adultes ne peuvent pas en dire autant !

Bon prince, il laissa rire l'assistance.

— Plus sérieusement, ces chiffres moyens, inférieurs à ceux des autres tranches d'âge, évidemment, sont loin d'être négligeables. Malgré tout, après soixante-quinze ans, la sexualité c'est malsain, sale, et ceux qui s'y livrent ne sont que des pervers. Vous pensez que j'exagère ? C'est pourtant les propos d'employés, par ailleurs compétents, qui travaillent en foyers ou maisons de retraite. Il n'est pas rare que l'on y sépare des amoureux se tenant par la main, sans parler des revues pornographiques qui y sont fréquemment confisquées. Et quand un pensionnaire, trop amoindri physiquement pour se masturber, demande de l'aide, on ne sait que faire, ni quoi répondre. Ces pratiques sexuelles, honteuses, se vivent alors ordinairement en cachette. Il arrive ainsi régulièrement, en ouvrant la porte d'une chambre, qu'un soignant ou une femme de ménage surprenne un couple en plein coït. Je constate, au passage et à regret, que frapper avant d'entrer, ce geste élémentaire de politesse, ne fait pas partie des coutumes de la profession. Évidemment, on est à des lieues d'une quelconque libération des mœurs !...

Je ne sais pas quelle est la pratique de la Maison, mais je suis sûr que Madame la Directrice est à l'aise avec le sujet.

Rires sporadiques dans la salle. Sincèrement embarrassé, il reprit sa respiration puis enchaîna :

— Il faut avouer qu'il n'y a nulle part de politique claire concernant la sexualité des personnes âgées en institution. Au vu de l'augmentation galopante prévue pour cette tranche d'âge dans les années à venir et si aucune mesure n'est prise d'ici là, je ne serais pas étonné que ce malaise social déclenche un mouvement similaire à votre mai soixante-huit, avec des milliers de vieillards dans les rues réclamant leur droit d'aimer comme tout le monde.

Le léger trouble qui parcourut l'assemblée parut lui convenir. Avec un bon sourire, il l'abrégea cependant :

— Pour conclure ce court exposé et laisser place aux échanges, je terminerai par quelques exemples à méditer et dont la Résidence pourrait s'inspirer afin de rester l'établissement pilote et d'avant-garde que nous connaissons.

Le public attentif apprit qu'en Hollande, un groupe de femmes, les Pink Panthers, s'enchaînait en tenue d'Ève aux grilles des cimetières, revendiquant le droit au libre exercice de la sexualité après quatre-vingts ans ; et encore qu'en Suède, une maison de retraite proposait des films X, à la demande, et des affichettes « ne pas déranger » que l'on pouvait accrocher à la porte de sa chambre ; et qu'en Amérique du Nord, enfin, certaines institutions organisaient des rencontres entre patients et prostituées dans des hôtels avoisinants.

L'exposé touchait à sa fin. L'orateur expliqua qu'avançant en âge, la question l'intéressait personnellement au plus haut point. Cette phrase de conclusion était peut-être humoristique, mais rien n'est moins sûr. D'ailleurs point de réactions à cette saillie du vieux médecin. Julia le fixait, les yeux brillants, alors qu'il rejoignait son siège, un peu voûté.

On fit une pause déjeuner qui fut la bienvenue et l'on s'installa dans le réfectoire, décoré par les auxiliaires. La vaisselle des grands jours et les nappes immaculées resplendissaient. Il faut dire que la journée était facturée assez cher aux participants. La qualité des mets, outre celle des conférenciers, était une des raisons, et non des moindres, expliquant le déplacement d'autant de sommités « en province », comme on dit avec condescendance quand on a l'intelligence d'être parisien. Léonie, en pareilles occasions, donnait la mesure de son talent. N'étant toutefois pas de celles qui aiment se mettre en valeur, elle acceptait à deux conditions. Elle ne se montrerait pas aux invités, quelle que soit l'insistance ; sa place était en cuisine et elle savait rester à sa place. Et elle ne préparerait que des grands classiques de la cuisine française, métropolitaine s'entend, avec entière liberté pour l'élaboration du menu. Point d'exotisme, ni de création et pas d'excentricité non plus. Avait-elle des choses à prouver, craignait-elle de heurter les goûts de ces messieurs dames ou les punissait-elle ? Nul n'aurait pu le dire ; peut-être pas même elle, mais la chose n'en était pas moins fermement assurée.

Les convives suspendirent leurs conversations à l'approche des plats et découvrirent ce que gastronomie française avait voulu dire au cours des siècles écoulés.

L'entrée, constituée de bouchées à la Reine à la financière, avec un salpicon composé de quenelles et de champignons nappés d'une merveilleuse sauce au madère et aux truffes, fut pertinemment servie en troisième plat, succédant au potage à l'ortie blanche et aussi à l'anguille, goûteuse à souhait, apprêtée façon maître d'hôtel. Les pensionnaires de la Résidence avaient mâchouillé leurs biftecks hachés surgelés, de bonne heure ce jourlà, car, comme le disait plaisamment leur maîtresse de maison, elle n'avait pas quatre mains. Il était d'ailleurs juste qu'ils souffrent un peu pendant ces journées où l'on se penchait aussi activement sur leur bonheur. Et après tout, ils avaient déjà bénéficié des odeurs depuis plusieurs jours. La cuisinière avait préparé ses fonds de sauce et peu de gens savent le temps et la somme de travail que représente la confection d'une espagnole ou d'une demie glace de viande.

Le classique trou du milieu, nécessaire pour qu'il soit possible d'ingurgiter quelque nourriture supplémentaire après ces préambules, permit à Léonie, vaillamment secondée par la Jeanne et Josiane, de remettre un peu d'ordre en son domaine dévasté, avant de passer aux choses sérieuses.

Le filet de bœuf à la Conti était garni d'artichauts à la Barigoule et de pommes duchesses, artistiquement disposées en vagues moelleuses et croustillantes sur le pourtour des torpilleurs de métal argenté. Ces immenses plats, portés chacun par une paire d'employées en tenue de serveuses, évoquèrent pour beaucoup le faste des cours d'antan. D'ailleurs Philippe Farino, pérorant au centre d'une petite cour, se permit une stance élogieuse à l'adresse de l'Amphitryon, à la vue de ce royal mets. Il avait publié peu de temps auparavant sa « philosophie dans l'alcôve », évidemment en référence à la philosophie dans le boudoir, et dont le titre, s'il indiquait assurément un contenu centré sur la sexualité, trahissait aussi le goût de l'auteur pour des temps révolus. Il devait lui arriver, dans ses fantasmes, de se voir briller dans les salons, en habits et perruque bien poudrée, séduisant par sa verve la noble assemblée, voire la Reine et, pourquoi pas, jusqu'au Roi. Le penseur était connu pour son style précieux et ampoulé. C'est ainsi qu'il était devenu célèbre grâce à trois groupes d'individus : ceux qui l'adoraient, ceux qui le détestaient et ceux qui l'écoutaient.

L'homme avait, en dépit du personnage, des idées. Il lui incomberait, à la reprise, de remobiliser l'intérêt des auditeurs, mais on n'en était pas là ; d'abord, il y avait le magistral plateau de fromages et le chariot de desserts. Parler de ceux-ci serait fastidieux et cruel. Lorsque toutes ces victuailles furent absorbées, café, alcools et cigares permirent d'entamer une digestion nécessairement longue et laborieuse.

Tout autre que monsieur Farino se serait senti un peu déprimé à l'idée de devoir à présent tenir éveillé, par de philosophiques pensées, un auditoire alourdi par de telles agapes. Lui s'en réjouit ouvertement, apparemment ravi d'avoir à relever un tel défi. Il aborda son public les yeux pétillants :

— Comme le noir et le blanc, le fort et le faible, le yin et le yang, l'homme et la femme… le sexe et la mort forment un couple de contraires, aussi indissolublement liés que l'ombre et la lumière. La sexualité des personnes âgées, improbable amalgame de ces deux éléments, provoque assurément le malaise de qui l'évoque. Le philosophe se doit pourtant, en s'excusant d'une telle violence, évoquer le constat banal mais non moins fondamental qu'il ne saurait y avoir de vie sans mort, et réciproquement. En ce qui concerne notre espèce et quelques autres avec nous, il s'agit d'un ménage à trois. En effet, quel rôle y joue le sexe ? Prenons le temps d'y voir de plus près. S'il y a du sexe, c'est à cause de la mort. On se sert bien du premier pour ignorer la seconde, mais ne transmet-on pas la vie précisément parce que l'on sait, tout en ne voulant pas le savoir, qu'on va la perdre ?

Visiblement passionné par les circonvolutions de son discours, au point d'en devenir passionnant, le penseur déroula son fil rouge avec brio. La vie, la mort, la sexualité, et puis la femme, bien sûr, donnant la vie et personnifiant la mort dans la plupart des mythes et religions. De la femme à la lune, il n'y avait qu'un pas à franchir et il le franchit ; face cachée, lune noire et nouvelle lune…

Se piquant de modernisme, notre homme, désormais assuré de l'attention de tous, changea alors brusquement de registre. Prouvant que le philosophe est à la fois hors du temps et bien dans son temps, il évoqua l'assistance médicale permettant à des femmes de plus en plus âgées de procréer. Une Italienne avait ainsi enfanté à soixante ans et ceci n'était qu'un début. Sur les traces de ses précurseurs qui, depuis la nuit des temps, interrogent leurs semblables, il aborda des questions de bioéthique :

— L'État peut-il laisser faire alors que la science

nous apprend que plus on avance en âge, plus nos gènes ont des chances de produire des tares ? Qu'en est-il de cette proximité entre le début et la fin de la vie ? Mourir en faisant l'amour deviendra-t-il, dans les années à venir, le nouveau Graal ? Et que penser des pratiques déviantes que l'on trouve ailleurs, tels la prostitution, l'homosexualité, le SIDA, le viol ? Et peut-on à ce propos parler de consentement pour une personne souffrant d'Alzheimer ?

Les mâchoires du piège métaphysique se refermèrent progressivement sur l'auditoire :

— Mais tous ces débats et nos précédentes rencontres ne dissimulent-ils pas l'impossible élaboration de l'accompagnement de ces êtres vieillissants vers leur finitude ? Et comment se fait-il que nous n'ayons jamais pu aborder franchement un tel sujet ? Que faisons-nous pour les aider à affronter leur destin, notre destin à tous ? Non pas parce qu'ils sont mourants, nous chasserions alors sur les terres de la médecine, mais justement parce que les nôtres sont en bonne santé. Il s'agirait alors de philosophie, de cette sagesse éternelle qui est un *ars vivandi* mais surtout un *ars moriendi,* car, au fond, philosopher n'est-ce pas apprendre à mourir ? Dès lors, plutôt que des stagiaires de filières paramédicales ou éducatives, ne devrait-on pas proposer l'intervention d'étudiants philosophes dans des structures analogues à la vôtre, Madame la Directrice ?

Sur ces mots, se courbant jusqu'à terre en une révérence de courtisan, Philippe Farino quitta la place, ovationné.

L'après-midi continuait de dérouler le fil des tables

rondes et discours tous plus séduisants les uns que les autres, mais les participants de cette mémorable journée devaient bientôt songer à reprendre leurs TGV pour la capitale. Aussi, le débat final, pour animé qu'il ait été, avait dû être écourté. Miss Perls, sincèrement secouée, se leva et conclut sur la dure tâche qui lui incombait, après ces remarquables exposés, afin d'imaginer les réponses pragmatiques et faire au mieux, oui, voilà, faire au mieux...

Ces pauvres mots, en guise d'épilogue à un aussi brillant symposium, et sur lesquels elle disparut littéralement de la circulation, pouvaient faire craindre la crise de conscience ; ou la crise de foie, car le festin du déjeuner, considérablement en rupture avec ses habitudes alimentaires, pouvait, plus prosaïquement, être la raison de sa confusion. Le groupe, constitué d'élites parisiennes, mais s'apparentant davantage en cet instant à un troupeau de primates, réussit, dans un beau désordre, à monter dans le minibus qui devait les convoyer jusqu'à la gare, laissant le Château fort vide.

Le président Beyssac s'approcha de sa jeune protégée, Julia Dancourt. Sa conversation conventionnelle et peu inspirée lassa rapidement la jeune fille qui prétexta vouloir faire un tour dans le parc, imaginant se débarrasser ainsi du vieux raseur. Peine perdue ! Celui-ci se proposa aussitôt galamment pour lui tenir compagnie et une de ses questions, sur le perron, éveilla l'intérêt de la stagiaire :

— Mais je ne connais pas votre fils.

— Vous n'avez pas encore rencontré Charles-Henri ? s'étonna l'homme à son tour.

— Charles-Henri, mais… mais je ne savais pas que…

Le trouble de la future sociologue plut à son interlocuteur qui n'insista pas, probablement résolu à laisser faire la nature.

Pendant les jours qui suivirent cette remarquable Journée d'Études Transversales, miss Perls parut de fort mauvaise humeur. On la vit peu. Seule dans son bureau, incapable de se consacrer aux habituelles tâches administratives, elle fuma beaucoup, le regard errant au plafond, sans plaisir et sans raison apparente. Mario frappa plusieurs fois à sa porte, en vain. Ce dernier s'étant enhardi à passer la tête par l'entrebâillement de la fenêtre, elle accepta une fois de le recevoir, sans quitter le sûr abri que constituait sa table de travail, mais les roucoulades de son amant transalpin l'incommodèrent rapidement et elle le renvoya aussitôt à ses plantes.

Les critères d'hygiène sexuelle de la directrice étaient assez élevés par rapport à une norme scientifiquement établie, aussi considérait-elle qu'un orgasme quotidien était le minimum vital. Peu lui importait la façon d'y parvenir et, à défaut de partenaire convenable, elle ne répugnait pas à utiliser des méthodes manuelles ou mécaniques. En l'occurrence, il s'écoula pourtant une semaine entière sans que son osseuse personne ne soit parcourue par quelque secousse électrique. Cela ne lui manquait cependant point et nul désir ne remontait le long de son échine. Ce qui occupait son corps et son esprit, pour qu'elle déroge de telle manière à tous ses rythmes biologiques, elle le comprenait intellectuellement, mais il était trop tôt pour affronter en face l'objet de son tourment. Jouant à cache-cache avec son inconscient, elle attendait que l'heure sonne. Le sourire malicieux de Louis, le Québécois, et les mots prononcés à son adresse lui revenaient en mémoire plusieurs fois par jour ; en mémoire et au cœur surtout, parce que, si elle sentait bien qu'il y avait un message caché, elle ne devinait pas lequel.

« Je suis sûr que Madame la Directrice est à l'aise avec le sujet... » Est-ce que ce vieux renard avait senti ses exigences sexuelles et se moquait gentiment d'elle ? Faisait-il allusion à sa gestion de la Résidence et ces paroles étaient-elles une attaque contre son manque de courage en matière de permissivité ? Se pouvait-il qu'elle fasse partie de ces hordes de censeurs qui répriment la sexualité dès qu'ils ont du pouvoir ? Elle n'avait jamais pris de sanction contre les intrigues sentimentales dans son établissement, mais, de là à fournir des prostituées à ces messieurs, il y avait un monde. Dans le contexte français, ce type de politique institutionnelle lui semblait totalement impossible ; une responsable distribuant des revues cochonnes ne ferait pas long feu à un tel poste. Elle n'avait pourtant pas d'objection sur le fond. Elle-même, à l'occasion, n'hésitait pas à louer un film pornographique ; les jolis garçons, et ma foi les jolies filles aussi, ainsi que les groupes en pleine action l'échauffaient et il arrivait qu'elle se caressât devant l'écran de télévision. Après tout, elle était d'une géné-

117

ration qui avait réveillé la société et réussi à libérer le deuxième sexe. Pendant que ses pensées divaguaient, ses doigts s'étaient mis à courir sous la veste en cachemire pour jouer avec la bretelle du soutien-gorge, elle s'en aperçut, agacée, et se força à reprendre son sujet de méditation.

Pour être parfaitement honnête, ce n'était point le côté moral ou social des pratiques évoquées par Louis qui l'arrêtait, pratiques qu'elle connaissait par ailleurs, et, si personne ne les avait déjà expérimentées, elle aurait pu se battre pour tenter d'imposer ses vues. La première, la première en tout, c'était ce qu'elle voulait être. Toutes les femmes qu'elle admirait pouvaient être qualifiées de pionnières. Son ambition, depuis la maternelle et peut-être même avant, était de battre les garçons. Dans le domaine physique d'abord, ce qui n'avait duré qu'un temps, car elle avait très vite compris la règle du jeu, puis sur le terrain de la réussite scolaire et sociale. Avoir le pouvoir sur ses partenaires masculins était son credo. Ah, elle en avait coiffé au poteau des petits mâles prétentieux et elle en avait cloué des becs virils ! Bien sûr, devenue adulte, elle avait soigneusement analysé ce comportement et, re-bien sûr, le vieux Sigmund pouvait être content, c'était bien son père le responsable. Lui qui aurait tant aimé avoir un garçon et l'avait élevée comme tel. À la réflexion, la complicité involontaire de son épouse, falote et toujours malade, avait aussi été déterminante. Cette pauvre mère était le prototype de ce que Claude Perls ne serait jamais : une victime, une pauvre petite chose. Trompée et humiliée, mais, de l'avis de sa fille, cette femme avait seulement récolté ce qu'elle avait semé.

Je hais les victimes, se dit-elle à haute voix en quittant son siège. Puis, lissant sa jupe étroite, elle déambula quelques secondes autour de son bureau. Le briquet claqua une fois encore et une grosse bouffée de fumée l'aida à fixer ses idées.

Pourquoi, tout d'un coup, la sexualité des résidents posait-elle question ? L'arrivée de Julia ? Certes, avec ce potentiel de charme et un tel décolleté… mais bon, sa Résidence ne pouvait pas exploser comme ça, juste parce qu'une gamine un peu sexy s'y promenait. Les effets du printemps ? Elle-même, il faut reconnaître, se laissait aller à des intermèdes assez peu professionnels, quoique fort agréables. Elle se revit, fugitivement, debout dans la cabane, accolée contre Mario qui ébranlait les tôles de l'abri. La vague de chaleur qui déferla dans son corps, à ces pensées, irradia jusqu'à son bas-ventre et elle se rassit. Cette relation représentait un jeu dangereux ; Léonie était matée, mais elle n'était pas à l'abri d'un retournement de situation. Bah…

Allumant une cigarette au filtre de la précédente, elle envisagea le problème autrement. Sa crédibilité personnelle et la réputation de la maison étaient bonnes, excellentes même. La vie institutionnelle ne posait pas de difficulté particulière qu'elle ne puisse solutionner, et sa vie privée était bien réglée et assez confortable. Ses ambitions la portaient à présent vers une possible carrière politique. Elle se présentait aux prochaines élections comme maire de la commune et il était de notoriété publique qu'elle avait des chances de l'emporter. Les appuis locaux de Beyssac seraient évidemment précieux, mais elle avait l'étoffe et ne ferait qu'une bouchée de son adversaire, un archi-conservateur, piètre orateur. Pourquoi tout gâcher sur un coup de poker, juste pour soulager la libido défaillante de quelques vieux en désamour ? Elle avait décidément tout d'une femme politique. Du cynisme, de la prudence et une bonne image. Si à un moment ou un autre il s'avérait nécessaire d'attirer les projecteurs des médias, quelque pratique innovante en faveur du troisième âge pouvait être une carte à jouer. Mais surtout, pas de risques inutiles…

Après s'être servi une dose de whisky dans un verre à bord doré, elle composa le numéro du portable de son amant et, une fois la communication établie, glapit sans préambule : « j'ai besoin de toi ». La formule était assez exacte. Sur son bureau. Elle ne l'avait jamais fait, là. Sa gorge s'assécha brusquement.

La nuit était tombée depuis bien longtemps et tout était calme dans le Château ; le veilleur, tout à d'autres tâches, dont certaines justifiaient son salaire, ne retournait jamais dans les étages avant l'aube. C'est pourquoi personne ne surprit la silhouette silencieuse que la lune dessinait en ombre chinoise sur le mur du couloir. La progression effroyablement lente et glissante désignait, mieux que ne l'auraient fait des empreintes digitales, l'ex-lieutenant, ex-militaire, ex-garde du corps et ex-citoyen ordinaire. C'était à présent le résident Romain qui se faufilait en douce, tel un gosse mijotant un mauvais coup. Au moins, ici, le terrain est plat et je ne risque pas de me viander sur les graviers ! songea-t-il en forçant l'allure. Il parvint finalement sur le seuil des appartements de sieur Arthur ; la porte s'ouvrit vivement. L'occupant était fin prêt pour l'expédition.

La chambre de Paul, fort heureusement, était mitoyenne. Ils trouvèrent ce dernier assis sur son lit, décryptant un livret à la lueur d'une lampe de chevet.

— Alors ? firent les deux compères en chœur.

— Ça devrait aller, répondit le photographe en haussant les épaules.

Il referma la notice, sans toutefois la ranger dans la sacoche, et entreprit d'extraire le caméscope de son logement. Il reprit :

— Les batteries sont chargées à bloc et l'on peut se brancher sur le secteur, si ça ne suffit pas.

En expert aguerri, Paul prit alors la direction des opérations, faisant asseoir Arthur sur le lit puis sur le fauteuil devant le bureau ; le résultat s'affichait sur le minuscule écran LCD. Le problème c'était la lumière. Il se gratta la tête, alluma et éteignit le plafonnier, le néon de la salle de bains attenante, contrôlant l'image et changeant l'orientation de l'appareil. Une mauvaise grimace inquiéta ses assistants muets. Personne ne pouvait lui venir en aide, car c'était lui le pro ; s'il ne trouvait pas une solution, ce serait tout simplement qu'il n'y en avait pas. Toute l'opération allait-elle tomber à l'eau ? Il s'empara du manuel et maugréa en froissant les pages, puis un « ah, voilà » salutaire fit jaillir deux soupirs de soulagement.

— Un réglage de surexposition pour la prise de vue nocturne, précisa-t-il inutilement, ça doit simplifier bougrement la vie des techniciens.

Il concentra ses efforts sur le cadrage. En l'absence de pied, il devait trouver un endroit où poser la caméra. Le bureau fut retenu. Une paire de livres permit un calage honorable et un angle adéquat. Après quelques essais, Paul prit enfin place sur le dessus-de-lit bleu ciel. Romain avait pour mission de mettre l'engin en route ou en pause en fonction de l'inspiration, à l'aide d'une minuscule télécommande.

— Tu as préparé ton message ? interrogea Arthur, très metteur en scène.

— Un peu oui, sans plus...

— Moteur, bordel, on verra bien !

La bande se déroula sur une courte longueur. On n'entendait que le zonzon électrique de l'appareil. La tête dans les mains, l'homme ne fixait même pas l'objectif. Romain pressa une touche avant de maugréer :

— On y va, c'est ta fille, merde, pas le jugement dernier !

— Voilà, c'est bon.

On repartit de zéro.

— Bonjour, Betty. Ça fait longtemps, hein ? Tout ça à cause de cette espèce d'allumeuse...

— Coupez ! Non mais ça va pas ?! Tu veux que ça reparte pour cinquante piges, ou quoi ?! Dis-lui que sa meilleure amie était une salope pour te réconcilier avec elle, pendant que tu y es !

— Je ne sais pas quoi dire, confessa piteusement le vieux beau.

— C'est pourtant simple...

— Montre-moi, toi.

— C'est pas ma fille, bordel à cul ! et moi, les sentiments... T'as qu'à lui dire que tu es son père et que... on fait pas ça à son père, voilà tout !

Ils se dévisagèrent et éclatèrent de rire en même temps. Arthur, qui griffonnait sans rien dire sur un coin du secrétaire, demi-lunes sur le front, releva les yeux et tendit son feuillet :

— Tiens, essaie de lire ça et, si ça te plaît, tu pourras t'en inspirer.

Paul prit le bout de papier et commença à lire mentalement. Puis, se ravisant, il reprit sa lecture et la voix sonna curieusement juste :

— À quoi crois-tu que je consacre mes journées ? Tu sais, il ne se passe pas grand-chose, ici. Je mange, je dors, je fais semblant de vivre, comme les autres. Nous savons tous très bien ce que nous attendons. Je revois donc sans cesse le film de ma vie et je n'en suis pas fier. Par ma faute, j'ai tout gâché. Me pardonneras-tu un jour ?… La fin approche et le premier scénario était mauvais, mais nous pouvons changer la fin. Je ne sais pas si j'ai le droit de te dire ces mots, ma fille, mais… je t'aime…

Sur ces derniers mots, sa voix se brisa et il détourna le regard.

— C'était bon, dommage qu'elle n'ait pas pu voir ça. Il va falloir apprendre le texte et le redire sans que ça fasse trop récité.

— Pas la peine, nom d'un petit bonhomme ! Avec tes conneries, Arthur, j'étais à deux doigts de chialer comme une gonzesse. Mais j'ai quand même eu le réflexe de mettre la machine en route.

— C'est vrai, tu l'as !?

Ils s'interrompirent pour considérer Paul prostré qui se mordait rageusement la lèvre. L'unique acteur du mélodrame, après avoir extrait la cassette, se leva et annonça d'une voix blanche :

— Je vais dormir, maintenant.

L'excitation retombée, Paul, Arthur et Romain n'avaient plus l'air de gamins espiègles à présent, mais de vieillards harassés par la vie.

Cette expérience de vidéastes amateurs ne devait pas en rester là, selon le plan imaginé par Paul et Léonie, et dont les conséquences pour la Résidence allaient se révéler incalculables.

Un soir, dans les jours qui suivirent, nos trois larrons se retrouvèrent chez Paul pour ce qu'ils appelaient déjà « l'opération Œil de Lynx ». Bien évidemment, « Faucon », le militaire, avait pris la tête du commando. Vêtu de sombre, il avait fait régler les montres et avait attribué aux autres leurs noms de code. « Épervier », autrement dit Arthur, devait se charger avec lui du branchement électrique. Avoir passé un pull noir sur son pyjama rayé donnait apparemment à ce dernier l'impression exaltante de vivre une aventure policière pareille à celles dont il rêvait dans sa librairie. Ne lui manquaient qu'une arme et le casque émetteur récepteur. « Grand-duc », quant à lui, c'est-à-dire Paul, le plus sportif des trois, avait pour mission de creuser des tranchées permettant de cacher les fils. Romain avait décidé, sans qu'il soit nécessaire d'en décliner la raison, qu'il resterait à la fenêtre de la chambre d'Arthur pour dérouler les câbles, pendant que les autres, en parfaite coordination avait-il insisté, progresseraient jusqu'à la cabane du jardinier. Les repérages avaient permis d'établir que la distance était de cinquante mètres, approximativement, d'un point à l'autre. Se procurer une telle longueur de fil n'avait pas été chose facile et avait nécessité des complicités internes.

Ils s'engagèrent silencieusement dans l'escalier. Parvenu en bas, Arthur, ne portant pas ses lunettes, buta sur Paul qui, sans se retourner, souffla un « chut ! » bruyant. Ils étaient maintenant au pied du mur, au propre et au figuré. Des gémissements étouffés, facilement identifiables, montaient de la réserve. La petite devait être en train de bien faire avec le jeune blanc-bec. Un muscle lâche joua sur la joue de Paul et ils se remirent en route. C'est par l'arrière, par la porte de Léonie, qu'ils sortirent de la bâtisse. Il leur fallut longer le mur et obliquer deux fois à droite, dans la nuit la plus noire, pour se trouver à proximité de l'abri de Mario. Arthur se risqua alors à allumer sa torche. Paul déposa son sac à dos et, grâce à ce rai de lumière, s'approcha de la rudimentaire porte maintenue fermée par un simple cadenas. La clé, généreusement fournie par Léonie, joua sans mal et Paul trouva tout de suite une pelle qui entra immédiatement en action. Ils avaient décidé de partir de la cabane de tôle dont il était préférable de s'éloigner le plus vite possible. Le caméscope fut installé derrière des bocaux vides, sur une étagère dont l'épaisse couche de poussière indiquait clairement qu'elle était inutilisée. L'étroite saignée progressa rapidement, le sol étant singulièrement meuble à cet endroit. Il fut facile pour Épervier d'enfouir le mince câble largué sous sa fenêtre par le chef des opérations et de le dissimuler en tassant la terre sommairement par-dessus.

Bien sûr, le fil courait le long de la façade jusqu'à hauteur du premier étage, mais ce côté du Château était peu offert aux regards et les auxiliaires ne connaissaient rien en électricité ; un fil n'avait tout simplement pas de réalité pour elles. Il n'en allait évidemment pas de même pour Mario. Tous trois le supposaient suffisamment occupé d'ordinaire pour ne pas remarquer cet infime détail, mais c'était un risque à prendre et, de toute façon, ils n'avaient pas d'autre solution. La caméra, bloquée en position de marche, batterie ôtée et raccordé au secteur, devait s'enclencher à distance, dès que le courant l'alimenterait. Dès lors, une simple prise ferait l'affaire. Paul avait parlé de détecteur thermique de présence, utilisé en photographie animale, mais la technique, trop complexe, nécessitait des accessoires sophistiqués et Mario risquait de provoquer automatiquement des enregistrements inutiles et surtout dangereux. Car pour que le bruit du moteur de l'appareil passe inaperçu, il fallait attendre que l'homme soit absorbé ! Les trois comparses avaient discrètement enquêté sur l'emploi du temps de la Perls et le lundi semblait le jour le plus propice aux ébats directoriaux ; quarante-huit heures de privation sexuelle devaient lui paraître long. Ils se frottaient les mains par avance en songeant à la cassette croustillante qu'ils ne manqueraient pas de visionner ensemble.

— Et pour Julia et son petit branleur ?

— T'inquiète, Romain, Léonie s'en occupe à sa façon.

Paul était sûr de lui. Une fois n'est pas coutume.

Pendant que les octogénaires se prenaient pour des agents secrets, certains s'adonnaient à d'autres jeux.

Charles-Henri, en héros fatigué et superbe, alluma une cigarette et tendit le paquet sans mot dire à sa nouvelle amante. Julia déclina l'offre et déclara avoir faim. Elle qui connaissait un peu les préliminaires amoureux et tout des statistiques françaises et internationales sur les sexualités masculines et féminines, elle se découvrait pendant et après l'amour. Dépucelée par le veilleur de nuit, choisi pour la faible probabilité qu'il y avait d'en tomber amoureuse, le phénomène s'était pourtant produit. Elle avait apprécié l'acte, un peu surprise d'aimer se sentir dominée, écrasée par le mâle. Cette soumission,

127

qui ne durait que le temps du coït, s'était muée progressivement en attachement et, tout en songeant qu'ils formaient un drôle de couple, elle n'envisageait pas de se séparer du jeune homme. Penser à lui lorsqu'elle était seule suffisait à produire un émoi presque physique. Ils étaient à présent allongés et nus, sur le carrelage de la réserve. Lorsque son compagnon lui agaça un téton, le désir monta en elle et c'est à regret qu'elle se tortilla pour se dégager :

— Attends, il faut d'abord que je mange un morceau, sinon, je vais tomber dans les pommes. Tu m'as tuée !

Ils rirent tous deux.

— Brr ! il fait pas chaud ! Ouvre-moi le frigo.

— Je préfère pas, la dernière fois, Léonie s'en est rendu compte et elle était pas contente…

Il laissa sa pensée en suspens ; difficile d'avouer que la cuisinière le terrorisait. Il n'aurait su dire pourquoi. Les échanges entre eux étaient rares, mais il avait l'intuition qu'il n'était pas de taille et que mieux valait filer doux. Lorsqu'il tenta de partager son sentiment, elle se moqua gentiment. Elle trouvait l'Antillaise plutôt sympa et ajouta :

— Ah, mais j'y pense, elle m'a donné des gâteaux, des trucs de son pays ; ils sont dans mon sac.

Elle se leva et la main de l'homme flatta au passage la croupe ronde bien mise en valeur par une légère lordose. Julia revint avec un sac en papier dont elle sortit une pâtisserie en forme de madeleine et au goût de rhum. Il espéra qu'il y avait aussi du gingembre ou un autre truc exotique et il en prit une aussi ; elle sourit presque tendrement.

— Je te croyais satisfait et comblé.

— Physiquement oui. Mais je ne sais pas… T'es comme une drogue.

C'était sa façon de dire qu'il l'aimait ; elle le savait et n'en demandait pas plus. Le contenu du sachet fut leur dîner. Julia, pensive, jouait avec la verge à présent flasque de son amant tout en rêvassant.

— Tu sais, je crois que, moi, je…, j'ai besoin de toi.

— Ben… moi aussi, comme tu vois.

La fille, baissant les yeux, remarqua alors le membre qui caracolait à présent. Ils pouffèrent et la caresse se fit plus précise. Puis ils cessèrent de rire et s'activèrent comme tous les animaux en rut.

Le lendemain, la journée s'annonçait pluvieuse. Le parc sentait la terre et la poussière, et une atmosphère de tristesse et de monotonie planait sur le Château. Le petit-déjeuner fut triste, la matinée fut triste et même le déjeuner fut triste. Salsifis en entrée, saucisses de Strasbourg et purée, yaourt nature. Pas de quoi se réjouir. L'après-midi montrait peu à peu le bout de son nez, menaçant d'être aussi terne, et les auxiliaires de vie commençaient également à être gagnées par la morosité ambiante. Elles ne le montrèrent pas, mais leurs exhortations à la bonne humeur et leurs incitations aux activités récréatives ou culturelles furent molles et ne reçurent aucun écho favorable. Nulle parole bienveillante ou hostile. Leur bonhomie appointée faisait partie du décor, au même titre que les plantes exotiques. On pouvait ignorer les deux.

— Pourquoi qu'elle est pas là, la petite ?

La question bougonne, énoncée à haute et intelligible voix par la vieille qui perdait la tête et dont on oubliait toujours le nom, produisit un léger frisson sur l'assemblée éparse dans la salle à manger. Tout le monde avait compris qu'elle parlait de Julia. Insensiblement, des têtes déplumées ou chenues se tournèrent et des oreilles se braquèrent sur la pauvre femme qui continuait à vibrer pour elle seule, éructant des morceaux de mots, des semblants de phrases. Les deux auxiliaires, jouant aux dames, interrompirent leurs pépiements. Ce fut Jeanne, le dos bien droit et les mains croisées sagement l'une sur l'autre, qui s'exclama sur un ton pointu :

— On ne sait pas pourquoi elle est pas là, mais… le veilleur non plus !

Romain et Arthur se poussèrent du coude, jubilants.

— Même que c'est la Léonie qui fera la nuit.

Cette fois, l'hostilité transpirait. On devinait que la cuisinière avait dû rouspéter tout son saoul et son aide de camp prenait sa défense. Les conversations, dopées par cet incroyable événement, démarrèrent alors, tardivement, captivant toute la Résidence jusqu'au repas du soir.

De belles crevettes roses, évidemment décortiquées, en constituaient l'entrée. Les truites, servies aux amandes et accompagnées de grosses frites croustillantes, leur succédèrent, et la plupart pressentirent que la bonne Léonie était de retour et leur sortait le grand jeu. Ce sentiment devint une certitude quand les larges jattes de mousse au chocolat firent leur apparition. Les moustaches des résidents des deux sexes furent maculées du délicieux dessert et de radieux sourires éclairèrent les visages. Bien sûr, les sourires, à l'instar des ampoules, n'ont pas tous la même intensité ; on ne savait si cette expression de béatitude était le fruit d'un ravissement intérieur ou un acte réflexe lié au remplissage des panses, mais quelle importance ? Les auxiliaires finirent seules la soirée. Leur mission n'allait pas jusqu'à harceler les résidents et les jeux de société restèrent simplement enfermés dans la robuste armoire bressane. Il n'y eut pas de tisane non plus. Les pensionnaires avaient déjà rejoint leurs chambres et les auxiliaires leurs petites vies et leurs petites familles, lorsque Léonie, Romain, Arthur et Paul se retrouvèrent dans les quartiers de ce dernier, manifestement préoccupé. S'adressant à la cuisinière, il éclata :

— Pourquoi Julia est-elle malade ? Ce n'est pas ce qui était convenu !

— Elle sera sur pied rapidement, t'en fais pas, là ; je l'ai pas empoisonnée, ta tourterelle !

— Et qu'est-ce qui va se passer, après ?

— Ah, après, ça c'est autre chose.

Ses formes généreuses furent secouées par un rire de gorge, communicatif, comme on ne lui en avait plus entendu depuis longtemps. Elle se fit plus explicite :

— Après, les petits canards jolis, là… Ils ont eu l'amour féroce, maintenant c'est la lune de miel et après, mes agneaux, ce sera bel et bien fini. Dégoûtés l'un de l'autre, ils seront, comme de toutes les bonnes choses quand on en abuse, c'est Léonie qui vous l'assure.

— Ça marche toujours ?

— À tous les coups. Et pour Mario et la Perls ?

— Il est bon… comme la romaine, dit Romain en riant tout seul.

Était-ce la consonance avec son nom, qui l'amusait, ou l'idée que le jardinier soit comparé à une salade ? Les autres l'ignoraient ou peut-être ne voyaient-ils rien de drôle. À moins qu'ils n'aient tout bonnement pas envie de rire ; leur petit jeu devait commençait à les effrayer. La suite n'allait pas tarder à leur donner raison…

Paul s'était levé et procédait à des branchements complexes entre le caméscope et la télé, accrochée au mur par l'entremise d'un bras métallique comme dans les hôpitaux. Il enclencha la lecture de la cassette et la neige envahit l'écran. Sa main fila dans la belle crinière argentée en un geste qui avait dû être très élégant. Puis, pestant dans sa barbe, il trafiqua un peu les boutons, et le son, réglé au plus bas, coula des haut-parleurs. L'image se cala aussitôt. Il vint alors se rasseoir sur le lit, à côté de la cuisinière. Cette dernière avait ôté son éternelle blouse blanche de cuisine. La forte poitrine déformait d'impressionnante manière la veste de tailleur rouge. L'Antillaise était belle et désirable ainsi, pour peu qu'on ne souscrive pas à la mode des mannequins portemanteaux. Paul fixait l'écran et fut soulagé de constater que la lumière était suffisante. On ne devinait que la brouette emplie de sacs de terreau, mais les voix étaient distinctes et Romain, les dents serrées, déclara que, même invisibles, le rital allait la faire gueuler comme un putois… La directrice apparut alors dans le cadre. Plutôt guillerette, elle remontait langoureusement sa jupe, émaillant le geste de propos obscènes. Une fois troussée jusqu'en dessus de la taille, elle se retourna, et il fut clair qu'elle ne portait nul dessous. S'agrippant à un providentiel tuyau d'arrosage, elle se cambra, très animale, offrant ainsi monts et merveilles à l'œil de son amant et involontairement à l'objectif de la caméra. L'ex-lieutenant siffla et l'atmosphère s'épaissit un peu plus. Léonie émit un toussotement, gênée, mais se tut. Arthur ajusta ses lunettes avant d'avaler sa salive. L'œil vissé sur la scène, Paul respirait bruyamment et Romain, goguenard, n'en perdait pas une miette. Ce fut encore lui qui rompit le silence, exprimant la pensée collective :

— Ben, mon vieux, tu parles d'une salope !

Léonie, comme dégrisée par la voix, se leva et se réajusta :

— Bon, allez, j'en ai assez vu, moi, je vais poster la cassette au président ; vous avez fait du bon travail, mes biquets.

Les biquets en question la fixèrent et ce qu'elle lut dans ces regards d'homme l'effraya, sans qu'elle sache si elle aimait ou n'aimait pas cela. Il y avait trop longtemps. Elle fila, préférant ignorer ce qui pouvait se passer ensuite dans cette chambre…

Monsieur Beyssac, pour être rondouillard, était loin d'avoir le caractère jovial que son physique laissait supposer. Éteignant l'appareil mis à sa disposition, car il n'était pas homme à regarder la télévision pendant la journée, il avait plus l'air du patron qui prend une employée la main dans la caisse que du comique pour noces et banquets. Miss Perls était très pâle. Sa défense, mal assurée, manquait de cohérence :

— Je ne comprends pas. Qui ? enfin de quoi ?… Une caméra, mais pourquoi ?… Léonie, ça ne peut être qu'elle, pour se venger de…

— Ce n'est pas le problème qui nous préoccupe présentement ! coupa sèchement son interlocuteur.

Le président avait eu la délicate attention de couper le son et s'était tourné vers la fenêtre, ayant déjà vu le film. La projection avait peu duré, car il avait interrompu le programme, fort alléchant au demeurant, quelques secondes de visionnage suffisant amplement pour se faire une idée du genre.

Ignorant l'interruption et dans l'incapacité totale de reprendre son self-control, la directrice, dans une situation entièrement nouvelle pour elle, continuait à discourir, l'air égaré, le regard vide :

— Elle va entendre parler de moi, cette peste, et je jure bien que…

— Que rien du tout !

Il tapa du plat de la main sur son bureau et éleva le ton cette fois :

— Vous en avez assez fait, et les fautes de cette cuisinière – si elles étaient établies – ne seraient rien à côté des vôtres. Je me demande d'ailleurs ce que vous manigancez contre elle, mais nous verrons cela plus tard.

— Ma vie sexuelle… ergota la femme, lèvres pincées.

Le banquier, nullement impressionné par la maigre tentative, l'arrêta d'une main et finit la phrase. Il avait tous les atouts.

— Votre vie sexuelle ne regarde que vous, j'en conviens, et j'aurais préféré être épargné par ce triste spectacle. Tenez-vous absolument à ce que je détaille en quoi consiste la faute lourde que vous avez commise ?

Il avait insisté sur ces derniers mots et la suite, logique, ne tarda pas :

— Vous avez le choix entre le départ à effet immédiat, avec les honneurs et trois mois de salaire, ou la sortie infamante sans la moindre indemnité. J'exige une réponse sur-le-champ.

Les épaules creuses se haussèrent vaguement et, sûr de son effet, il continua, extirpant un document de son cartable de cuir noir :

— J'ai pris la liberté de rédiger votre lettre de démission.

Il fit glisser vers elle la courte missive et son magnifique stylo en or. Elle parapha, muette, pendant que lui enchaînait, comme s'il traitait une affaire ordinaire :

— J'assurerai l'intérim, en attendant votre successeur.

D'une démarche somnambulique, la jeune femme se dirigea vers la porte capitonnée. Le président siffla :

— Votre choix du thème de la dernière Journée était intéressant. Votre but était de détourner l'attention ? Transformer cet établissement en maison close vous aurait peut-être convenu, madame Claude… Perls.

Elle comprit qu'elle avait commis une erreur colossale en voulant traiter de la sexualité. L'homme avait rongé son frein, mais, puritain dans l'âme, il l'avait condamnée dès cet instant et c'était probablement là qu'il fallait chercher le véritable motif de sa disgrâce. L'autre persévérait, évoquant l'amant de Lady Perls dont il se promettait de prendre le plus grand soin également. Elle se remit en route et le bouquet final fusa :

— Ah oui, pour que notre petit arrangement soit tout à fait complet, vous aurez l'amabilité d'annoncer vous-même votre départ aux résidents.

Ce qu'elle fit le soir même, après qu'aient été mastiquées les pommes au four à la gelée de groseille. Un peu ressaisie, mais très blême, dans son ensemble prune, sans aucun bijou et les mâchoires crispées nerveusement, le gosier yoyotait légèrement :

— …Des raisons personnelles… des problèmes familiaux m'obligent à… je vous souhaite…

— Pourquoi qu'elle est pas là, la petite ?

Grossièrement interrompue par la vieille qui perdait la tête, mais parlait de plus en plus distinctement, la future ex-directrice de la Résidence soupira patiemment et expliqua que la jeune fille souffrait d'une légère grippe et reviendrait, elle, dans un jour ou deux. Puis elle tenta de renouer le fil de son discours, mais chacun s'éparpillait déjà aux quatre coins de la maison, indifférent. La nouvelle du rétablissement de la sociologue à l'affriolant décolleté n'eut pas l'heur de plaire à tout le monde.

Paul, soufflant à voix basse et à mots couverts, reprocha à la dodue Antillaise son inefficacité en des termes toutefois polis.

— Ouh là là, t'inquiète pas Monsieur Paul, tu vas voir.

— Moi j'ai fait ma part du boulot, c'est à ton tour maintenant.

— Écoute, mon biquet, dès que la gamine revient, on va la surprendre avec son amoureux, et tu verras bien que Léonie elle tient toujours parole.

L'étudiante était enfin de retour parmi eux, fraîche et sémillante. Les beaux jours ne l'incitaient pas à se couvrir davantage, bien au contraire, et les jambes nues dévoilaient un bien joli galbe. Le haut n'était pas mal non plus, les seins ronds jaillissant de toute leur jeunesse du pull noir torsadé au col en V. Elle virevolta de l'un à l'autre des résidents comme jamais, peut-être pour se faire pardonner de sa courte absence. Enfin, vint le soir.

La porte de Léonie n'était pas sous alarme, ni sous surveillance vidéo. C'était une robuste petite porte qui faisait bien son travail et aucun système de sécurité n'avait été installé au Château. Aussi, s'introduire dans la Résidence ne posa pas le moindre problème à Léonie qui avait préparé une bonne histoire, au cas où elle aurait dû justifier sa présence à une heure aussi tardive. Elle se retrouva promptement chez Paul, où ils tinrent conciliabule, avant d'aller récupérer ensemble Arthur, toujours en pyjama de camouflage. À trois, ils continuèrent leur progression. Sur leur passage, Michèle, en robe de chambre et cheveux défaits, entrebâilla sa porte, désirant se joindre au groupe. Elle ne s'enquit pas de leur destination, ce qui laissait à supposer qu'elle la connaissait, et donc qu'un des conspirateurs avait trop parlé, ou, plus vraisemblablement, que la balade l'intéressait davantage que le but. Elle prit la queue du peloton et tous s'en furent ainsi, en file indienne, jusqu'à la porte de la réserve. Romain, parti en éclaireur depuis longtemps, avait presque atteint l'objectif. À part lui, excusé pour des raisons médicales, tous marchaient à présent sur la pointe des pieds. Le silence radio avait été expressément demandé. Des voix étouffées leur parvenaient, mais trop faiblement pour distinguer le sens des paroles. Un homme, une femme, ce ne pouvait être qu'eux. Paul risqua un œil à la serrure et entreprit de décrire la scène, à voix basse :

— Ils sont bien là, tous les deux, ils discutent.

— Ils sont à poil ?

— Que le bas, ils ont gardé leurs pulls.

— Putain, tu dois te régaler, mon salaud.

— Pff ! j'en ai vu d'autres !

— Qu'est-ce qu'ils racontent nos tourtereaux ? interrogea Léonie plus raisonnablement.

— Ils ont froid. Ils pensent qu'ils ont pris la mort, la dernière fois, sur les carreaux… Elle est bien roulée cette jeune beauté, tout de même…

— Garde tes commentaires… se cabra Michèle, plus par jalousie que par pruderie.

— Silence ! intima Arthur.

Le guetteur colla l'oreille sur l'orifice et transmit alors fidèlement les propos :

— Il veut savoir si elle a encore des gâteaux comme l'autre jour, parce que… oh putain ce que c'était bon… je sais pas ce qu'elle avait mis dedans, la doudoune, mais bon dieu, j'avais rarement pris un pied pareil…

Tous regardèrent Léonie qui gardait la tête haute. Ses pommettes la trahissaient, rosissant à vue d'œil. Imperturbable, Paul continuait :

— Elle dit que ça ne venait peut-être pas de ça. Il demande de quoi, alors. Elle répond que, des fois, les sentiments sont le meilleur aphrodisiaque qui soit. Oh, oh, il en reste muet, il l'embrasse et elle… oh, oh, elle fait…

Romain effectua un demi-tour à droite, droite, et reprit le chemin de ses appartements après avoir lâché un définitif et peu nuancé :

— Petit branleur à la con !

Visiblement vexée par son échec, la cuisinière lui emboîta le pas, le dépassa sans peine et sortit par la porte arrière du bâtiment. Michèle rejoignit à son tour l'ancien lieutenant. Paul et Arthur demeurèrent encore un moment sur place, chuchotant à tour de rôle. Et pourquoi pas une seconde cassette ? Le procédé avait si bien marché. Les lynx ayant deux yeux, après tout, ils décidèrent que l'affaire était d'ores et déjà enclenchée. Son nom de code serait, naturellement, « Œil de Lynx

II » ; en abrégé OL II.

Ils convinrent avoir encore besoin de Romain. Ne restait plus qu'à régler l'aspect logistique. Cette partie de l'opération s'annonçait moins aisée que la précédente, le béton se prêtant moins que la terre aux travaux de terrassement et d'enfouissement. La solution fut trouvée par Paul, grâce à ses connaissances en électricité, qui imagina de raccorder le caméscope à l'interrupteur de la réserve. Ainsi, les victimes activeraient elles-mêmes le piège qui leur était tendu. Cet aspect, particulièrement savoureux, fut source de réjouissances nocturnes plusieurs soirs de suite. Les libations qui les accompagnaient menaçant de s'interrompre faute de carburant, on fit appel à la bonne cuisinière qui s'empressa de fournir un rhum d'excellente facture, quoiqu'un peu raide. Sa réserve personnelle, avait-elle précisé, toujours un peu honteuse de son échec, mais ne voulant tout de même pas prendre de risques inutiles après avoir senti le souffle du boulet directorial.

L'alcool révéla des effets bénéfiques et paradoxaux sur la capacité déambulatoire de Romain qui regagnait sa chambrée de plus en plus saoul, mais de plus en plus rapidement. Paul n'ayant plus les doigts aussi agiles que par le passé, les branchements idoines prirent plus de temps que prévu et la manœuvre dut être différée. Lorsque tout fut prêt, on arrivait au week-end et les amants torrides du sous-sol durent attendre encore un peu avant d'être immortalisés pour la postérité. Enfin on les surprit, pénétrant dans le piège, et la troupe de se frotter les mains. C'était un lundi, un bon jour pour les tournages coquins, l'expérience l'avait prouvé. Le film fut gravé. Le premier, du moins. Il se révéla malheureusement être un coup d'épée dans l'eau. L'essentiel du dialogue étant l'annonce par la demoiselle au damoiseau qu'elle avait ses règles, l'action ne fut pas à la hauteur des attentes. Leur débauche, purement alimentaire, arrosée par un grand cru prélevé sur les réserves du Château, pour être répréhensible, ne constituait pas un motif suffisant. Il convenait de disposer d'un enregistrement réservé à des adultes avertis. La bande permit pourtant de vérifier que le dispositif fonctionnait et l'on procéda à quelques menus réglages techniques en matière de cadrage et d'exposition. Léonie étant dans la combine et la direction entièrement vacante, les compères disposaient de tout le temps nécessaire. Paul et Arthur descendirent à tour de rôle pendant que Romain faisait le guet. L'amélioration de son état consécutive à ses excès éthyliques étant demeurée secrète, il pouvait se permettre de faire du sur-place sans éveiller les soupçons de quiconque.

Le nouvel essai réalisé, tout le groupe, massé autour du téléviseur, constata que, premièrement la petite n'était pas mal faite du tout, deuxièmement que le jeune Beyssac avait une belle santé, et troisièmement, et bien qu'il était clair que la relation entre les tourtereaux n'était pas purement platonique. Léonie fourra la cassette dans une enveloppe, l'enveloppe dans son sac, le sac sous son bras et s'éloigna en claquant des talons, fermement décidée à faire oublier l'échec des méthodes traditionnelles d'envoûtement face à la technologie moderne. Les journées qui suivirent l'envoi s'écoulèrent au compte-gouttes. Il fallait attendre. La mécanique était lancée.

Le moment vint de récolter ce qui avait été semé.

Un soir, en plein repas, le président, ne se souciant que peu de la digestion des résidents, annonça qu'il avait des choses à dire. Son air grave ainsi que son titre impressionnèrent les plus éveillés d'entre eux, qui se turent, les autres étant physiologiquement disposés à faire silence en toutes circonstances. La soupe au pistou refroidissait doucement tandis que monsieur Beyssac père exposait son programme point par point :

La nouvelle directrice, madame Dubois, arriverait la semaine prochaine. Il s'agissait selon lui d'une personne compétente, qui avait d'ores et déjà toute sa confiance (ce qui constituait une lapalissade, puisqu'il avait lui-même procédé au recrutement).

Charles-Henri, le veilleur, pour des raisons qui ne furent pas évoquées, ferait sa dernière nuit le soir même avant d'être remplacé par monsieur Moustafa Benaker, qui se trouvait être le frère de l'épicier du village, connu de tous.

Plus d'alcool aux repas, ni de préparations culinaires alcoolisées, la cuisinière en avait été informée. Monsieur le président profita de l'occasion pour rappeler l'interdiction formelle de cette substance dans les chambres.

Plus de veilles, non plus, l'extinction des feux étant dorénavant fixée à vingt-deux heures. Coucher, enfin dormir dans la chambre d'un autre résident, était absolument exclu. Et il ne pouvait plus être question de fumer dans quelque lieu que ce soit.

Il souffla un peu, moins pour reprendre sa respiration que pour laisser la masse d'informations frayer son chemin dans les antiques cerveaux et étouffer, si besoin, toute rébellion dans l'œuf. Le point suivant nécessitait l'attention renouvelée de chacun : toute personne ne respectant pas le règlement serait renvoyée immédiatement et sans discussion possible. Puis il passa aux bonnes nouvelles.

Le câble serait bientôt disponible et avec lui des dizaines de chaînes supplémentaires. La réaction escomptée, non plus qu'aucune autre d'ailleurs, ne se manifestant pas, il poursuivit. Le quinze du mois prochain, la Résidence fêterait ses vingt années d'existence. En cet honneur, une grande fête serait donnée avec les familles. Le soir, on pourrait danser et l'autorisation de dépasser l'heure du coucher était pratiquement acquise. Des invités de marque étaient attendus au banquet exceptionnel ainsi que la télévision locale, susceptible de couvrir l'événement.

Une transition trop belle pour être honnête l'obligea à préciser, de façon anodine, que, puisqu'on parlait de télévision, les appareils photos et autres caméras vidéo seraient désormais totalement interdits dans l'enceinte du Château, pour des raisons évidentes de sécurité et de protection de la vie privée. Ceux qui en possédaient devraient les lui apporter dès le lendemain matin dans son bureau.

— Pourquoi qu'elle est pas là, la petite ?

— Ah oui, bonne question, madame euh… Je suppose que vous parlez de Julia Dancourt ? Eh bien elle a terminé son stage hier et ne reviendra donc plus. Elle a d'ailleurs laissé une lettre où elle vous remercie tous de votre formidable accueil et de votre participation à sa recherche. Vous pourrez demander à une des employées de vous la lire.

— Nous savons lire, monsieur le Président, s'enhardit Arthur, vexé.

— Je n'en doute pas, mais…

— Pourquoi qu'elle est pas là, la petite ? hurla la vieille.

— Comme je vous le disais madame, euh… Julia Dancourt est partie et…

— Et on pourra lui écrire ? demanda Paul, l'air innocent.

— Non. Elle n'a pas souhaité.

— Chouette brin d'fille, entre nous, mon Président, vous ne trouvez pas ? interrompit Romain à son tour.

— Euh oui, enfin, je ne sais pas, excusez-moi, je dois y aller, bafouilla monsieur Beyssac en pleine déroute, songeant à part lui que mieux valait affronter la COB plutôt qu'un groupe de vieillards décatis.

Il n'alla pourtant pas bien loin, se contentant de se réfugier dans son bureau où l'attendait une tâche à peine moins déplaisante. Charles-Henri, avachi sur un des fauteuils clubs destinés aux visiteurs, avait sa tête des mauvais jours, la tête à claques que son père lui avait trop souvent connue. Le banquier se sentait fautif, ses obligations professionnelles ne lui ayant pas permis de consacrer beaucoup d'attention à son rejeton. De toute façon, il se savait nettement plus performant en matière de bilans d'entreprise que de relations humaines. Néanmoins sa formation sur le management adapté lui avait donné des bases auxquelles il se raccrochait dans les moments délicats. Le premier commandement, par exemple, était clair : droit au but ! Cette satanée cassette des ébats de son fils, pendant le service, dans sa propre institution et avec une jeune fille de bonne famille, ne devait pas être traitée à la légère. Il se demanda une nouvelle fois qui pouvait bien lui adresser de tels films compromettants. D'autres allaient-ils suivre ? S'agissait-il d'un complot politique visant à salir sa réputation à quelques semaines des élections ? Tout le monde ne pensait donc qu'à forniquer ? N'y avait-il que lui pour estimer que le travail était encore une valeur fondamentale ?

Il soupira, frotta vigoureusement son crâne luisant, signe chez lui de forte nervosité, et entama les hostilités :

— Alors, tu as discuté avec ta fiancée de ma proposition ?

— Ma fiancée !? Tu parles comme un vieux.

— Je suis vieux, concéda le père, se retenant de proposer une bonne calotte au fils impertinent.

— Elle n'a pas dit non.

— Très bien, il faudra s'occuper des noces dès que possible.

— Et si moi je ne suis pas d'accord ?

— Tu es libre, mon garçon, c'est à toi de décider.

— Ouais… Je suis libre de décider et toi tu es libre de me couper les vivres…

— On ne peut pas tout avoir. La liberté et l'argent…

— La bourse ou la vie ouais, comme les bandits de grand chemin !

— Nous avons déjà eu cette discussion et je ne changerai pas de point de vue. Alors, que décides-tu ?

La perspective de vivre avec Julia n'avait pas que des désagréments. Le corps de la jeune fille lui traversa la mémoire et aussi son visage, lorsqu'ils avaient discuté mariage, après avoir copieusement copulé. Il avait attendu ce moment stratégique pour aborder la question, comme s'il s'agissait d'une plaisanterie. La fille était devenue grave et avait voulu savoir s'il parlait sérieusement. Bien entendu, il n'avait soufflé mot du marché passé avec son père, arrangement forcé qui avait tout d'un ultimatum. Il était bien coincé. Il s'était attendu à ce que Julia, très femme moderne, prenne un fou rire salutaire, mais le contraire s'était produit et il avait réalisé qu'elle était amoureuse de lui. Il en avait été déstabilisé. Du coup, c'était un joli pied de nez qu'ils faisaient ensemble au Vieux, mais il aurait préféré mourir que de lui avouer. Ou travailler pour de bon, tiens. Ce qu'il ne supportait pas, c'était de passer pour un con… Une idée alluma un mauvais sourire, qu'il chassa vite. Chaque chose en son temps…

Romain savourait le succès de leur entreprise, discrètement. L'essentiel de ce qu'il avait retenu du discours du Boss, comme il l'appelait, était que le piège avait fonctionné. Arthur, lui, plus enclin au pessimisme et à la dépression, faisait le bilan de leurs escapades. Il prédit que Charles-Henri devait l'avoir mauvaise. L'ex-lieutenant rétorqua qu'il ne craignait pas ce petit branleur. Paul, quant à lui, était déçu car il n'avait pas prévu que les événements tournent ainsi ; le départ du veilleur, oui, mais pas celui de Julia. Il avait l'impression de s'être fait quelque peu duper dans cette affaire.

Contre toute attente, le soir même, le fils du président ne changea pas d'attitude à leur égard. Les ignorant au même titre que les autres résidents, il passa près d'eux sans paraître les voir. Ils se perdirent en conjectures. Papa avait dû lui faire miroiter une place au soleil, sûrement plus engageante que celle de la Résidence.

— Bourgeois et compagnie, ça se sert les coudes. Z'ont pas dû avoir faim souvent, ces gaziers-là !

Ils traînèrent un peu pour faire durer, mais, personne ne leur prêtant la moindre attention, ils finirent par se séparer pour la nuit.

Trois heures du matin. Des ombres glissèrent le long du mur extérieur et pénétrèrent par la porte principale sans difficulté. Tout était endormi et l'irruption de trois hommes, le visage dissimulé derrière des masques de Mickey, surprit le veilleur. Il fut promptement attaché sur une chaise, dans le salon de télévision. Pendant que l'un des bandits le tenait inutilement en respect à l'aide d'un automatique négligemment balancé à bout de bras, deux autres se dirigeaient vers les étages. Et puis Michèle, la Jeanne, celle qui perd la tête et les autres commencèrent à affluer, poussées par un malfaisant, comme des brebis à l'abattoir. Pour l'autre, la pêche avait été bonne aussi. Il ramenait un groupe de vieillards épouvantés et tremblotants. Les deux repartirent, afin de poursuivre leur inquiétante besogne et bientôt tous les résidents furent réunis. Les malfrats, sans qu'un mot ait été prononcé, disparurent une nouvelle fois. Le temps s'allongeait et toujours aucune directive, aucune indication.

— Et pourquoi qu'elle est pas là, la petite ?

La vieille sans nom avait aboyé et Charles-Henri avait sursauté, demandant :

— Quelle petite ?

— Ben, ta fiancée pardi !

Penché en avant, il en resta abasourdi, le pauvre. Comme si cela ne suffisait pas, le masque qui avait répondu s'approcha de lui et le rejeta en arrière d'un revers sonore. C'en était trop pour un seul homme. Il ouvrit la bouche, la referma, fit ainsi la carpe deux ou trois fois, avant de se résoudre, sagement, à la boucler. Son bourreau s'était entre-temps dirigé vers la bavarde. L'effort surhumain fourni précédemment avait pompé toute la lumière de son cerveau déficient et elle était partie aux abonnés absents. Ceci lui évita une probable mandale. L'autre haussa les épaules et se consacra à nouveau à la surveillance du troupeau.

Ses deux complices revinrent, les bras chargés d'un bric-à-brac hétéroclite. Des bijoux, des portefeuilles, un caméscope, le gros radiocassette de Léonie et quelques bricoles supposées avoir de la valeur. Charles-Henri, reprenant le dessus, protesta mollement, arguant que ces pauvres vieux n'avaient que ça. Il alla jusqu'à proposer aux voyous de l'argent, à condition qu'ils veuillent bien aller se faire pendre ailleurs. Enfin, il le dit plus poliment, mais un des Mickeys le prit mal tout de même et, n'ayant pas vécu la scène précédente, trouva original de lui coller une nouvelle beigne. Le problème, c'est que sa chevalière déchira au passage un bon morceau de peau. Le sang gicla et le gosse hurla que putain, merde, tu peux pas faire gaffe, tu m'as défiguré, connard. L'autre, curieusement, hésita et marmonna. Puis il se dirigea vers une vieille qu'il obligea à se lever pour le suivre, arracha le châle enroulé sur ses épaules et lui fit comprendre qu'elle était promue infirmière.

— Mais, mais… fit la mémé, avant de réaliser qu'on

ne lui demandait pas de bêler mais de tamponner le visage du veilleur.

Les deux, qui s'étaient concertés pendant ce temps, brandissaient à l'adresse de leur pote la bouteille de rhum trouvée dans une chambre. Ils s'en envoyèrent une bonne goulée à tour de rôle.

Le groupe de résidents s'était resserré, intuitivement. Les uns tremblaient, les autres bredouillaient des mots sans suite ; des têtes étaient tombées sur les poitrines, de sommeil, de peur ou d'inconscience. Les crapules n'avaient visiblement pas de plan précis et buvaient à la régalade. L'un d'eux sortit, relevant le masque qui devenait sans doute inconfortable. Il fuma une cigarette, de dos, puis revint une poignée de minutes plus tard et demanda le flacon, histoire de rattraper son retard. Ce qu'il fit promptement. Lorsque la bouteille fut vide, il la propulsa sans ménagement sur la moquette. Elle rebondit avant de rouler jusqu'aux pieds d'Arthur, dont le regard de myope se trouvait approximativement braqué sur le bandit. Celui-ci s'en aperçut et vint à lui :

— Tu veux ma photo ? Tu te crois beau, Toto ?

— …

— Tiens, fais-nous voir comme t'es mimi. Mets-toi à poil !

Le vieux ne bougeant pas, l'autre enragea :

— À poil, j'ai dit, à moins que t'en aies marre de vivre.

Pour donner du poids à ses paroles, il enfonça sauvagement le canon de son flingue dans la joue jusqu'à obliger Arthur à tourner la tête. Ses acolytes se contentaient de rigoler doucement, comme s'il avait fait une bonne blague et, tremblant de peur, lentement, le vieil homme commença à s'exécuter. Une fois le maigre torse exposé à la vue de tous, la voix de Romain retentit dans le silence épais :

— Bande de pédés, merdeux, va !

— Qu'est-ce qu'il bave, l'ancêtre ?

Celui qui semblait le chef de la bande avançait d'une démarche souple et féline. La correction s'annonçait rude. Bien campé sur ses pieds, l'ex-militaire attendait. Quand le vaurien fut à portée de main, il lui balança un crochet tellement téléphoné qu'un gosse de trois ans aurait pu l'esquiver. Évidemment, il ne cueillit que le vide, mais reçut aussitôt la monnaie de sa pièce. Contre toute attente, il n'alla pas valdinguer, mais encaissa sans broncher le pain de deux livres. Et se paya le luxe de pavoiser :

— Tu crois que tu me fais trembler, pisseux ? Cogne, tu vas voir ce que c'est un vrai mec, avec des couilles !

Cette résistance imprévue faisant hésiter son adversaire, l'ex-lieutenant jubilait :

— Alors, petit glandeur, tu te dégonfles ? Moi, j'ai pas la trouille d'aller bouffer les pissenlits par la racine. Y a que votre connerie qui me fout les jetons !

Mais le voyou n'avait pas dit son dernier mot. Crochetant la Jeanne par une aile, il l'amena au centre de la pièce et lui colla sur la gorge une lame de la taille d'un sabre, puis il s'adressa au vieillard :

— Et maintenant, vieux schnock, tu vas danser.

Comme en écho, la musique jaillit du radiocassette ; c'était un vieux slow sucré, aussi ridicule et déplacé que les masques et que toute cette expédition. Romain, blême comme s'il avait vu un revenant, resta sidéré. Quand l'autre hurla à nouveau son ordre, il se leva et entreprit de se dandiner, grotesque, sans lâcher le Mickey des yeux. Celui-ci éclata de rire, savourant sa victoire. Il eut beau jeu de continuer, à l'adresse d'Arthur :

— Et toi, je t'ai pas dit d'arrêter. Tombe le joli pyjama à rayures, tu vas impressionner ces dames avec ton bigoudi.

L'un des voyous s'était absenté. Il réapparut alors, portant plusieurs litres de whisky et un énorme pack de bières. Pendant que l'ex-libraire achevait son strip-tease, le troisième masque s'acharnait à introduire une bouteille de scotch dans la bouche de Michèle. L'alcool inonda son visage et déborda rapidement sur la chemise de nuit qui devint transparente par plaques. Le malotru avança la main en sifflant. La femme, dans sa longue vie, s'était déjà coltinée des vrais durs bien plus dangereux que cette petite frappe ; aussi elle savait que toute rébellion ne ferait que stimuler sa hargne. Elle le priva donc de ce plaisir en le laissant faire, complètement amorphe. Il interrompit son geste :

— Allez, à poil aussi, la mémé, si tu me plais, qui sait, t'auras peut-être tes chances avec moi, ah, ah !

Le regard vide, la vieille dame s'exécuta puis elle rejoignit Arthur, dans la même tenue qu'elle. Elle lui prit alors la main, dans un geste très tendre. Malgré leurs chairs fripées et craquelées, les ventres déformés pendouillant sur les pubis, les membres décharnés, les poils rares et blancs, leur dignité était belle et noble. Romain craqua à nouveau :

— Bande de petits cons, va, nazis ; vous me le payerez, même si je dois y laisser ma putain de carcasse !

— Continue de danser papy et fais pas chier. Tu vois,

si tu me rends nerveux, je vais appuyer sur le cou de cette grognasse et elle va passer l'arme à gauche à cause de toi... Tu me diras, un peu plus tôt, un peu plus tard, ça change pas grand-chose, hein ?

Joignant le geste à la parole, il n'eut pas à bouger beaucoup sa lame pour pratiquer une entaille. Une goutte de sang souilla la gorge blanche. Il avait parlé sans même regarder son interlocuteur et ajouta, décidément en veine d'inspiration :

— Tiens, on va faire un film éducatif pour vos petits-enfants.

Faisant signe qu'on lui apporte le caméscope, il lâcha sa proie, sûr de sa supériorité, et s'empara de l'appareil. Son maniement ne lui posa apparemment aucun problème et le zonzon ainsi que la lumière rouge indiquèrent qu'il enregistrait réellement.

— Allez, vous autres, tous à poil !

S'adressant à ses collègues :

— Bougez-moi toute cette bidoche pas fraîche, on va se marrer.

Les comparses s'exécutèrent en ricanant et commencèrent à houspiller tout le monde. Progressivement, les chemises de nuit, pyjamas, bas à varices, gaines et autres articles périmés s'amoncelèrent en petits tas. Tous se remuaient en un simulacre de danse, suivant les ordres aboyés entre deux gorgées d'alcool. Les rires gras couvraient parfois la musique. Le spectacle n'était pas folichon. D'ailleurs les vauriens s'en lassèrent rapidement. La mélodie s'arrêta et les vieux se figèrent, attendant la suite du programme, résignés. L'homme qui tenait la caméra la brandit au-dessus de sa tête.

— C'est à qui ce machin ?

— …

— Deuxième et dernière fois. C'est à qui ?

— …

— Bon, le troisième âge, je sais bien que ça vous plaît, notre petite partouze, mais on va pas y passer la nuit, hein ? Regardez, c'est simple, je prends ce gus et je lui envoie une prune dans la calebasse, vous voyez, comme ça.

Il s'était approché de Charles-Henri, tout seul à être resté habillé avec son infirmière, et lui pressait son pistolet sur la tempe. L'intéressé sursauta :

— Hé, ça va pas, non !?

— Ta gueule ! Vous, vous êtes fatigués de la vie, vous vous en foutez, mais lui, ce p'tit con, il peut se marier, faire plein de p'tits cons comme lui, et tout ça. Enfin la vie, quoi !

Sidération dans la salle. Le bruit de la déflagration secoua durement toute l'assemblée quand il tira dans le plafond. Un vieillard s'affaissa. Paul et Romain se cherchaient des yeux ; ils se trouvèrent et un dialogue intense et sans mot passa dans les regards. C'est de nouveau Romain qui s'y colla :

— C'est le mien, mais je te le prête !

— Tiens, tiens, quelle coïncidence, c'est encore mon pote le papy qui fait de la résistance.

— Parle pas de ce que tu connais pas, gamin.

— Alors, tu me disais que t'étais un homme, un vrai, hein, avec des couilles ?

— Pourquoi, tu veux m'essayer, petite fiote ?

Ignorant la provocation, le jeune délinquant attrapa une nouvelle fois la Jeanne qui tremblait, son corps tout blanc exposé comme ceux des autres.

— Tu diras pas que je suis pas sympa ; regarde, je t'amène une chouette gonzesse. Maintenant, fais-moi voir ce que c'est qu'un vrai mec, papa. (Changeant de ton.) Baise-la !

— Vous êtes complètement défoncés, les mecs ? articula Romain, un peu secoué.

Il essaya de gagner du temps en lançant un inutile :

— Allez, arrête de te planquer, enlève ton masque, pédale !

— Fais ce que je te dis, Toto. Tu vois, la seule façon de lui permettre de continuer à vivre, c'est de l'enfiler. Je vais te la tenir.

Le gredin remit le poignard sous le menton de la vieille femme, qui préféra s'évanouir.

— Ah merde, qu'est-ce qu'elle me fait, celle-là. C'est pas marrant comme ça.

Pendant qu'il tentait de se dégager, encombré par le poids mort, Romain avança d'un seul de ses petits pas et lui tira un taquet au menton avec tout ce qu'il lui restait d'énergie. Trente ans plus tôt, l'autre aurait été bon pour le compte. L'ennui, c'est que, trente ans auparavant, il n'était pas né. S'étant reculé instinctivement, la frappe avait seulement remonté le masque du jeune homme qui le rabattit immédiatement avant d'exécuter un *mawashi geri* fulgurant. Le coup de pied circulaire prit le vaillant militaire par surprise et l'envoya bouler au sol. Toussant et râlant, celui-ci eut tout de même le cran de protester dans un souffle :

— Tu te bats comme une danseuse, tapette !

Après lui avoir envoyé la pointe de sa chaussure dans le plexus solaire, pliant le vieillard pour de bon, le voyou put se consacrer à la Jeanne. Aller-retour appuyé. La tête à droite, à gauche. Un œil s'ouvrit pour se remplir aussitôt de grosses larmes impuissantes. Romain respirait bruyamment et le gamin, humilié publiquement par l'octogénaire, lui parla sèchement :

— Tu la baises ou elle y passe. Maintenant, fini de rigoler, pépé !

Il ne plaisantait pas. Le lieutenant, renonçant à se relever, secoua la tête, comme un boxeur sonné. Puis, à quatre pattes, il glissa péniblement jusqu'à la vieille, allongée sur la moquette vert sombre. Il lui dit doucement :

— Allez, ma douce, à la guerre, comme à la guerre, qu'est-ce que tu veux que je fasse ? On a vu des choses pires que de faire l'amour dans notre vie. Pas vrai, ma Jeanne ?

— Je veux mourir... sanglota-t-elle pour toute réponse.

— Mais non, je vais t'aimer, tu vas voir. Laisse-moi te caresser... comme ça. Tu vois, ça ne fait pas mal. Je serais très doux.

Insensible au ridicule, il triturait maladroitement un sein en gant de toilette, et une érection molle naissait sous le regard médusé de l'assistance. Un des truands, rigolard, filmait la scène. Geignant, au-delà de toute résistance, le couteau sous la gorge, la grand-mère était ballottée par les efforts du militaire qui essayait à présent de la pénétrer, contre son gré. Lorsqu'il y parvint, elle se crispa en poussant un petit cri strident et il se figea. Puis il amorça un mouvement lent et circulaire. Les gémissements changèrent de tonalité.

— Ma parole, elle prend son pied, la vioque ! se gondola un des Mickeys.

Effectivement, il devint difficile d'ignorer que Jeanne était partie pour la félicité charnelle. Elle accéléra progressivement le rythme et Romain eut bientôt le plus grand mal à ne pas se laisser désarçonner. Les soupirs devinrent des halètements puis des râles, pour finir en hurlements. Et soudain, un cri effroyable glaça le sang de tous. Le silence retomba, épais. La femme ne bougeait plus et l'homme se retira, déconcerté. Les spectateurs, figés, oubliaient même de trembler et les trois lascars s'étaient statufiés. Le chef, dégrisé, se mit debout et décréta sobrement :

— On se taille !

La bande des trois évacua rapidement les lieux, emmenant l'essentiel du butin, après que le dernier larron, s'approchant du veilleur, lui ait claqué le museau presque affectueusement.

— Enfoirés ! s'énerva Charles-Henri à bout.

Le petit cimetière était magnifique. La végétation sauvage avait envahi les allées, et les fleurs piquetaient les alentours de tâches multicolores, s'enhardissant jusque sur les tombes. Du stade, un peu en contrebas, montaient les clameurs d'un groupe d'enfants jouant au ballon. L'éternelle lutte de la vie et de la mort.

Le petit cimetière était magnifique et noir de monde, et le soleil luisait d'indécente manière, les larmes et les visages graves apportant à la scène toute la componction nécessaire.

Le curé était un gaillard haut sur pattes, qui se tenait voûté ; ses dents étaient déchaussées et il était affublé d'oreilles de taille respectable qui, un malheur ne venant jamais seul, étaient remarquablement décollées. Le brave ecclésiastique compensait ce physique disgracieux par des manières onctueuses.

Du côté gauche du tombeau, le président semblait réellement affecté par ce décès et surtout par les circonstances dramatiques dans lesquelles il était survenu ; sans parler du soleil, qui est souvent éprouvant pour les gros. À son côté, Léonie, très en beauté, cheveux tirés en chignon bas, tailleur noir et chemisier blanc, lunettes noires. Derrière eux, Arthur et Romain ; ce dernier s'était déplacé en fauteuil, accessoire peut-être imposé pour un déplacement aussi conséquent. Paul avait préféré ne pas venir, prétextant une forte migraine, et Michèle avait disparu le matin même ; on pensait à une fugue. Plus loin, en rangs clairsemés et dans des postures un peu plus relâchées, Dino et d'autres résidents échangeaient des propos à voix basse. De l'autre côté du cercueil, la famille. Les neveux, qui n'étaient plus des enfants depuis longtemps, se soutenaient mutuellement et leurs marmailles endimanchées étaient contenues à grand-peine.

Le curé, en habitué de ce genre de cérémonies, imperturbable, poursuivit l'éloge funèbre de Jeanne Cherrier. Sa jeunesse difficile, son courage, sa vertu et surtout son respect de la religion. L'ecclésiastique avait une belle faconde et l'on avait envie de croire que la défunte avait été, sa vie durant, une sorte de Sainte méconnue, une Bienheureuse du quotidien, une Élue de la classe laborieuse. L'emphase était de rigueur ; un escroc aurait probablement eu droit au même régime, mais qu'importe, c'était si bon à entendre. On aurait dit que l'orateur avait connu, admiré cette femme et que son homélie était l'expression de la pure vérité. Peut-être en était-il ainsi, dans le fond. Qui sait…

Le bon prêtre parvint à extirper encore quelques larmes de l'assemblée, à la suite de quoi il se dirigea gravement vers le vieux portail mangé de rouille. Il fut rejoint par les neveux et nièces éplorés de la chère défunte. Les visiteurs se postèrent en file indienne et défilèrent pour présenter leurs condoléances. Certains, judicieusement brisés par l'émotion, ne dirent rien du tout, se contentant de serrer au passage convulsivement et furtivement des mains.

Dehors, un inconnu attendait. Il était vêtu d'un blouson de sport en cuir fauve, d'un jean et de tennis. Il aborda le président, une fois la cérémonie terminée, et s'excusa de sa tenue, d'un air embarrassé, ce qui est toujours inquiétant chez un homme d'action. Concernant la fugue de madame Michèle Pitiot, il n'avait pas d'élément nouveau, mais ses services ne tarderaient pas à la retrouver. Maladroitement, il poursuivit sur un ton faussement humoristique, on ne peut plus mal choisi en pareille circonstance, en lui annonçant qu'il avait par contre deux nouvelles, une bonne et une mauvaise :

— Je commence par la bonne : nous avons interpellé les trois coupables présumés.

— Parfait. Qui sont-ils ?

— Voilà la mauvaise nouvelle : ce sont, euh, comment dire…, des amis de votre fils.

— Vous insinuez que Charles-Henri serait complice de ces… ?

Atterré, le notable baissa la voix, imaginant la somme d'ennuis qui pouvaient s'abattre sur sa réputation, sur lui, sur sa famille et sur son fils. Dans cet ordre.

— Comme souvent dans ce genre de faits-divers, nous avons tout de suite envisagé une complicité interne ; il n'y a pas de système de sécurité dans votre établissement, mais les serrures n'ont pas été forcées. Les membres de la bande, interrogés séparément, affirment que votre fils a commandité leur intervention pour se venger de certains résidents…

— N'utilisez pas le mot commanditer, comme si mon fils était un truand, se rebiffa le père. Vous le connaissez, c'est un gamin…

— J'ai bien peur que ce ne soit pas une simple bêtise de gosse. Il y a eu un décès, je vous le rappelle. « Homicide involontaire » ou « coups et blessures ayant entraîné la mort sans intention de la donner », on ne sait pas encore comment ce sera qualifié. Quoi qu'il en soit, la liste des chefs d'accusation risque d'être longue. L'affaire est sérieuse, cette fois, Monsieur Beyssac, et je vais devoir l'interroger. J'ai préféré vous prévenir moi-même, en ami, plutôt que vous l'appreniez par la voie officielle.

— Ne croyez-vous pas que ce décès accidentel…

— Non, non, je ne vous suis pas. Ce n'est pas un accident ; le substitut est formel. Je dois voir votre fils, et avant ce soir. On raconte de plus que votre directrice serait partie précipitamment, ainsi que votre jardinier ; il y a aussi des cassettes vidéos compromettantes ; tout cela me paraît bien compliqué, Monsieur. J'aurai besoin de vos éclaircissements. Mais commencez par m'envoyer Charles-Henri.

Il secoua la tête, fit un pas, se ravisa et tendit la main au banquier en affirmant :

— Écoutez, je peux vous dire, à décharge de votre fils, que les voyous ont été retrouvés grâce à ses indications. Lors de l'interrogatoire du personnel, le lendemain du drame, il nous a donné une description très précise de la bague de l'un d'eux. Le reste a été facile. Je vous avouerai en toute franchise que je ne comprends pas exactement à quoi il joue. Sale histoire, Monsieur, sale histoire… Vous devriez peut-être demander les conseils d'un avocat. Bon, je file, je vous en ai déjà trop dit. N'oubliez pas, hein !

Le minibus avait à peine ramené tout le monde au Château que le gong retentissait, sonnant l'heure du déjeuner, parce que la vie devait bien continuer. Léonie, très en retard, avait tout de même prévu le repas ; elle enfourna des pizzas surgelées et des lasagnes industrielles qu'elle gardait en cas de nécessité. Du jamais vu ! La journée réservait d'autres surprises.

Monsieur Beyssac, en effet, mangea à la table directoriale, ce qui, de mémoire de résidents, n'était jamais arrivé. Il se leva brusquement, après avoir consulté sa montre, sans même avoir pris le temps de terminer sa pomme, pour réapparaître deux minutes plus tard dans la salle à manger, escorté d'une femme entre deux âges, au visage rêche. Après s'être raclé la gorge, il s'adressa à tous :

— Je vous présente madame Dubois, notre nouvelle directrice. Elle a beaucoup d'expérience et je suis sûr que tout se passera très bien avec elle.

La femme grimaça un sourire puis, avec un bref signe de tête, souhaita le bonjour à tous. Le président chuchotait dans son dos à l'adresse d'une auxiliaire qui revint rapidement, lui remettant un maigre paquet de lettres. L'homme distribua le courrier comme on le fait dans les colonies de vacances. L'une des missives, surchargée de timbres et de tampons était adressée à monsieur Paul Curt. L'intéressé ne répondant pas à l'appel de son nom, on s'étonna de son absence. La première vague de questions passées, on s'avisa qu'il était encore plus surprenant que personne, pas même ses inséparables camarades, ne l'ait signalée. L'administrateur fit les gros yeux à tout le personnel présent puis reprit sa tâche.

Lorsqu'on s'aperçut que le vieillard n'était pas dans sa chambre, ni dans la salle de sport où il se rendait parfois, non plus que dans les communs, l'inquiétude apparut une réaction légitime et, même, la seule possible. Le parc fut ratissé par les auxiliaires s'époumonant inutilement à crier son nom et Émile, le nouveau jardinier, inspecta le bassin, la cabane et les bosquets, après quoi, consciencieusement, il prit le véhicule de service et poussa un peu sur la route, imaginant la possibilité d'une fugue sur les traces de Michèle. Peine perdue. On dut envisager, en dernière extrémité, d'alerter pour la seconde fois la gendarmerie. Cette décision prise, on cessa les recherches et le président s'enferma dans son bureau. Son visage faisait peine à voir.

La bonne Léonie, elle, se passait bien des directives émanant d'en haut. Profitant de son heure de pause, elle échangea sa blouse contre une torche et fureta dans toute la maison, qu'elle connaissait mieux que personne, pour la simple et bonne raison qu'elle était la plus ancienne. Elle fouilla la réserve, à laquelle on n'avait pas pensé, puis la cave, condamnée car des éboulements la rendaient dangereuse. L'absence de résultat n'entama point sa volonté et elle monta dans la tour, au-dessus des chambres, s'attaquant à présent aux combles qui servaient parfois de logement d'appoint aux stagiaires venant de loin. En soufflant, pour cause de surcharge pondérale, elle gravit les escaliers raides et étroits qui menaient au grenier, dont tout le monde ignorait l'existence, sauf elle. Il lui était arrivé de s'y réfugier autrefois pour pleurer, à son arrivée en métropole. Elle se souvint avoir contemplé la vallée se déroulant jusqu'à l'infini. Plus d'une fois, ce panorama à perte de vue lui avait donné l'impression absurde mais réconfortante d'être plus proche de chez elle, de son mari et de ses enfants enterrés là-bas. La vieille porte faite de planches disjointes et rugueuses était ouverte. Un mauvais pressentiment l'étreignit et elle se comprima la poitrine, sentant le cœur s'emballer. Elle qui parlait si souvent seule, elle ne dit mot, cherchant son souffle. Le sol était tapissé d'une couche épaisse de poussière, découpée par endroits d'empreintes de pas. Elle sentit ce qu'elle allait découvrir avant de le percevoir. D'abord les pieds à hauteur de son visage puis la chaise renversée.

Paul, Monsieur Paul, était suspendu à une poutre et la vie s'en était allée de lui. La femme redescendit doucement sans toucher à rien et se rendit dans le bureau du président. Elle demanda d'une voix douce qu'on la suive et ce dernier, constatant son air hagard, ne posa pas de question. Il passa chercher la nouvelle responsable puis, sans plus d'explication, la petite procession se mit en marche.

Paul était toujours là, bien sûr, à se balancer dans le vide. La seule à regarder le pendu sans ciller fut madame Dubois. « Bienvenue à la Résidence, Madame la Directrice. »

On apprit plus tard par le président, qui l'avait ouverte, que la lettre adressée à Paul émanait de sa fille. Celle-ci lui demandait pardon pour toutes ces années de silence. Résidant outremer, elle avait chargé sa mère de l'assurer régulièrement de toute son affection et envoyait chaque mois un chèque conséquent à miss Perls pour qu'il ne manque de rien. Elle espérait pouvoir venir le voir aux prochaines vacances pour lui montrer sa petite-fille, née il y a un mois et demi.

Le soleil tapait déjà dur pour dire qu'il n'était que huit heures du matin. La journée s'annonçait encore chaude, caniculaire même, et les résidents risquaient de souffrir comme tous les jours depuis deux semaines. Léonie compatissait, sans parvenir pourtant à considérer le soleil comme une catastrophe naturelle. Toute de blanc vêtue, un coquet petit chapeau sur le sommet du crâne, elle chantonnait ce que l'on appelle au pays un *zouk love*, toute seule, sur la route menant à la place du village. Elle avait appris à aimer cette contrée, même si elle ne se sentait pas encore chez elle. Les gens étaient gentils, ici, et la vie avait gardé un côté paisible et peu sophistiqué. Ses pas joyeux l'avaient amenée à destination et Gérard, le brave Gégé, la vit de loin.

— Ah, ma chérie !

Sortant de derrière son banc, il accourut, bras comiquement tendus, l'attirant pour quelques pas de valse. Elle rit, flattée, et tarda à le morigéner :

— Allez, garde ça pour tes clientes.

Il n'était pas dupe et lui vola un baiser chatouilleux dans le cou. Cette fois, elle y mit le holà. Le coup de sac à main qu'elle lui asséna sur la tête, pour être amical, n'en était pas moins vigoureux. Après avoir passé commande de légumes frais, elle jugea indispensable de critiquer un peu la qualité des bananes et de soupirer en toisant les avocats, comme s'ils étaient ses ennemis jurés. Elle se rabattit sur un assortiment de fruits rouges, un peu chers, mais « ils » pouvaient payer. Maintenant, le maraîcher livrait la Résidence. C'est elle qui avait proposé cet arrangement à la nouvelle direction. Le petit commerce y gagnait et la fraîcheur irréprochable des produits, ainsi que les prix plutôt doux du marchand de primeurs, permettaient à tout le monde d'y trouver son intérêt. Léonie appréciait de plus en plus cette pause matinale les jours de marché. Elle avait, un jour, payé un café à ce dragueur impénitent de Gérard et c'était devenu une habitude. Désormais, la conversation prenait un tour plus personnel, mais c'était toujours « bas les pattes ».

Ses talons claquaient sur le goudron et ce rythme fit jaillir à nouveau la musique et les paroles en créole, sucrées à souhait. Le sable de l'allée atténua le son, sans retrancher à son bonheur. Nono l'entendit de loin, dévala le tronc du chêne et s'immobilisa, malicieux. Elle s'accroupit et l'appela. Sautillant, il fit mine de s'éloigner. Elle ne bougea pas et l'écureuil, faisant demi-tour, fut rapidement dans sa main, fermant les yeux sous la caresse, tel un chat. Elle déposa un baiser et il sembla lui rendre, reniflant la joue avant de la mordiller et de s'enfuir avec grâce. Continuant sa route, elle parvint dans le champ de vision de Bambou qui s'élança à sa rencontre, pour s'arrêter à un mètre. Elle s'ébroua.

— J'arrive ma biche adorée, ma douce. Oui, tantine

est là. Oh, tu aimes ça toi, hein ? Ah, oui, moi aussi, mais ne le répète à personne, hein ? ah, ah, ah !

Le rire ample, elle grattait la gorge et l'autre pointait le mufle vers le ciel.

— Mais un jour, je te ferai en civet quand même, ma biche !

L'animal s'était habitué aux sautes d'intonation de l'Antillaise et pour rien au monde n'aurait manqué la séance de caresses du matin.

Arrivée dans son domaine, elle alluma le large piano en inox et posa la bouilloire bleue émaillée dessus et encore une casserole de lait. Puis elle s'affaira à préparer le chariot roulant que les filles viendraient chercher tout à l'heure. Les confitures maison, le bon gros pain découpé en solides tartines que les pensionnaires mâchouilleraient par petites bouchées consciencieuses, et puis encore le beurre et les carafes de jus d'orange. Elle mit la cafetière en route. En dernier, car le café, il doit être noir comme la nuit et bouillant comme l'amour !

***

des mêmes auteurs

Ysidro FERNANDEZ & Jean-Pierre ERNST
- *Don PSYCHOTTE*
- *Amour A mort*

Ysidro FERNANDEZ
- *2042 venue de Jésus ou du dieu d'Internet ?*
- *GYM PSY les vitamines de l'esprit*
- *l'AMOUR en 3D*
- *Proverbes psy*
- *216 questions embarrassantes...*

Jean-Pierre ERNST
- *Le travail avec les familles*
- *De qui sommes-nous les pions ?*

YsidroFernandez@free.fr

Ysidro FERNANDEZ

Philosophe, psychologue, auteur d'ouvrages grand public, au croisement de la philosophie, de la psychologie du coaching et de la sagesse.

Jean-Pierre ERNST

Psychologue consultant, évaluateur externe certifié AFNOR. Formé à la communicologie, à l'approche systémique, aux thérapies brèves, au traitement de l'état de stress post-traumatique (EMDR) et à la thérapie familiale.

www.ingramcontent.com/pod-product-compliance
Lightning Source LLC
Chambersburg PA
CBHW071252130626
46556CB00003B/1274